Son stagia

Les deux tombent têtc baissée dans

obsession

Frantz Cartel

SON STAGIAIRE D'ÉTÉ

First edition. October 5, 2024.

Copyright © 2024 Frantz Cartel.

ISBN: 979-8227235206

Written by Frantz Cartel.

Also by Frantz Cartel

Juno a été enfermée pendant deux ans, mais elle a finalement réussi à s'échapper et est désormais en cavale.

En traversant la forêt, elle tombe sur une cabane. Le propriétaire, Caleb, est un jeune ancien militaire aux yeux gris torturés, et il croit que Juno est la stagiaire d'été qu'il attendait pour l'aider dans ses recherches sur son roman. N'ayant d'autre choix que de suivre son idée fausse, les deux tombent tête baissée dans une obsession sauvage l'un pour l'autre qui ne peut être apprivoisée.

Mais la vérité sur la véritable identité de Juno se cache, attendant de sauter et de les mordre. Quand elle le fera, leur passion sera-t-elle mise à l'épreuve ? Ou une obsession comme la leur l'emportera-t-elle sur tout ?

Chapitre 1

Junon

Oh mon Dieu.

Oh mon Dieu.

N'arrête pas de courir.

Quoi que je fasse, je ne peux pas m'arrêter.

Mes poumons brûlent et les branches des arbres laissent des écorchures sur mon visage et mes bras. Des ampoules se sont formées depuis longtemps à l'arrière de mes talons et la fatigue ronge chacun de mes membres. Mais je ne me laisserai pas rattraper. Je ne peux pas retourner là-bas.

Les hurlements de misère hantent encore mes oreilles. Les barreaux crasseux aux fenêtres. La solitude, la monotonie et la tristesse absolues. Je ne peux pas. Je ne peux plus le faire.

La forêt se termine et je m'arrête en titubant, mon souffle sifflant dans et hors de mes poumons.

Une maison ?

L'endroit où je vis depuis deux ans me semblait n'exister qu'au bout du monde, alors je m'attendais à devoir courir encore quelques heures avant d'arriver quelque part. Peut-être devrais-je continuer. M'éloigner. Quand ils viendront me chercher, ils vérifieront probablement les maisons les plus proches, n'est-ce pas ? Ou alors ai-je voyagé assez loin ?

Le temps est flou.

La porte arrière de la maison s'ouvre brusquement. Le canon d'un fusil de chasse sort de l'ouverture et pointe droit entre mes yeux. Et je suis presque en train de rire. Vraiment.

De la poêle au feu.

Une planche grince et la porte s'élargit, révélant l'homme qui tient l'arme.

Même dans mon état d'épuisement et de panique, je reconnais qu'il est une force de la nature. Il devrait se baisser pour sortir de la maison sans se cogner la tête contre le chambranle de la porte. Dans son t-shirt blanc taché de sueur, il a l'air d'avoir fait de l'exercice, ses muscles bien entretenus étirant les manches. Est-ce que ces plaques d'identité sont sous le coton ? Ouais. Il est militaire, c'est sûr. J'ai passé du temps sur une base quand j'étais enfant et il n'y a aucun doute sur son aplomb. Il a déjà tué. Ses mains sont fermes, ses cheveux noirs coupés au ras du crâne. Ses yeux gris ardoise sont plus méchants et plus féroces que tous ceux que j'ai pu voir. Pires même que ceux de l'infirmière en chef. Ils regardent le canon de l'arme, prenant mes mesures. Lorsqu'il est convaincu que je ne suis pas une menace, il se redresse lentement et baisse l'arme. « Êtes-vous mon stagiaire ? » grince-t-il.

Mon premier réflexe est de dire oui.

C'est un homme que les gens n'aiment pas décevoir.

C'est aussi un homme pour qui mentir ne sert à rien. Je le vois déjà. Un seul regard de sniper et il m'a démantelé. Il m'a trié comme du linge sale.

« Tu as couru jusqu'ici ou quoi ? »

J'ouvre la bouche pour répondre, même si je n'ai aucune idée de ce que je vais dire... et je me rends compte que je ne peux pas parler. Je n'ai pas de salive dans la bouche. Ma gorge est couverte de poussière, et Jésus... le vertige s'installe. Oh Seigneur, je suis si fatigué. L'adrénaline commence à me quitter et maintenant mes membres tremblent, se préparant à lâcher. Et c'est le cas.

Suis-je en sécurité ?

Je me retourne et regarde les bois en hoquetant un sanglot.

S'il vous plaît, ne me trouvez pas.

Quand je me retourne, il est à moins de trente centimètres de moi et je prends une inspiration choquée, trébuchant en arrière. Et je tombe. Je tombe, mais il me rattrape et me dépose lentement sur l'herbe, fronçant les sourcils d'un air féroce face à mon état pitoyable.

Il y a quelque chose dans ses mains. La capacité qu'elles ont. L'expérience.

Juste avant que l'obscurité ne m'envahisse, le mot "sûr" murmure dans mon esprit.

* * *

Je me réveille dans un lit étranger et je sais immédiatement que je ne suis pas seul.

Il est là, dans le coin. Le talon appuyé sur le genou opposé.

Enveloppé dans l'ombre, il boit méthodiquement une tasse de café.

Maintenant que le soleil ne me tape plus dans les yeux, je vois qu'il est plus jeune que je ne le pensais. Peut-être vingt-huit ans. Trente ans.

Me rappelant comment il m'a salué, je m'assieds et rassemble la couette vert armée autour de moi, mon regard scrutant la pièce à la recherche de son fusil de chasse.

« Je l'ai rangé », dit-il, d'une voix si basse. Profonde comme un puits.

En avalant, je fais le point sur mes vêtements. Je suis toujours habillée. Sauf mes chaussettes.

Il pose son café et reste debout assez longtemps pour m'apporter une gourde d'eau. « Tu te présentes toujours à un nouveau travail au seuil de la mort ? »

Ma réaction est d'avaler l'eau avec avidité, jusqu'à finir la gourde entière en moins de dix secondes. Mon corps est tellement soulagé d'avoir guéri sa déshydratation que les larmes me viennent aux yeux et je prends une profonde inspiration, le récipient en métal roulant hors de ma prise lâche.

« Si nous voulons travailler ensemble, tu vas devoir arrêter de pleurer. »

J'ai envie de lui dire que je ne verse presque jamais de larmes. Ça ne sert à rien. Pleurer me donne juste plus de raisons d'être triste. Mais je fixe le plafond jusqu'à ce que mes yeux soient secs, puis je me concentre sur lui. Pour lui dire la vérité. Qui est-ce qu'il attendait ? Sa stagiaire ? Je ne suis pas elle. Une fois que ce sera fait, je pourrai peut-être le convaincre de me prêter de l'argent pour un ticket de bus. « Je ne suis pas ton in- »

« Elle parle. Je commençais à me poser des questions », l'interrompt-il. « Tu te souviens de la description du poste, n'est-ce pas ? Je n'ai pas d'objection à la relire. On dirait que tu as traversé une période difficile depuis que nous avons échangé nos e-mails. »

Tu as traversé des moments difficiles ?

Tu n'as aucune idée.

Il semble lire cette pensée sur mon visage et ses yeux scintillent d'une grave compréhension.

« Comme je l'ai dit dans mon e-mail, j'écris un livre », dit-il en s'éclaircissant la gorge. « Ce n'était pas mon idée, mais si je dois faire quelque chose, je le ferai bien. Mais il y a un petit problème. »

Cela fait bien longtemps que je n'ai pas eu une bonne conversation. Une vraie. Je me rends compte que j'ai envie d'entendre le reste de son problème. « Qu'est-ce qu'il y a ? »

Ma voix semble le déstabiliser, mais seulement momentanément. « C'est de la fiction. Cela faisait partie des exigences. Voyez-vous, je pourrais écrire sur l'Afghanistan, mais cela irait à l'encontre du but recherché. Et comme c'est de la fiction... il y a des personnages féminins. Des femmes. Pas des soldats. Des femmes civiles. Et je ne sais pas comment en écrire un de manière convaincante. » Son regard trace le creux de mon épaule, un muscle se contracte sur sa joue. « Je suis dans l'armée depuis que j'ai dix-huit ans, tournée après tournée, jusqu'à récemment. Je n'ai pas côtoyé beaucoup de gens comme vous. Ni dans le monde réel. Ni dans un environnement normal. Ni... doux. »

« Je ne suis pas doux », je le corrige, la pression se déplaçant dans ma poitrine.

Il hoche la tête une fois, deux fois, en m'observant attentivement. « Je pense que c'est le genre de choses que je vais découvrir en vous observant pendant deux semaines. En recherchant le comportement des femmes. »

C'est ça ? C'est ça le boulot ?

Je suis sceptique.

J'aimerais poser d'autres questions, mais ils me diront clairement que je ne suis pas la personne à qui il a envoyé son e-mail. « Deux semaines », je répète, espérant qu'il mordra à l'hameçon et continuera à parler.

« C'est vrai. Deux semaines en tant qu'invité. Je te paie à la fin. »

Paye-moi. Assez pour acheter un ticket de bus ? Peut-être de nouveaux vêtements. De la nourriture. Je pourrais m'éloigner de cet endroit, trouver un travail, avoir une vie normale. Cela semble trop beau pour être vrai, mais peut-être que j'ai droit à une petite pause.

Mais... pourquoi ne m'a-t-il pas posé de questions sur les égratignures sur mon visage et mes bras ?

Ne se demande-t-il pas pourquoi je n'ai pas de bagages si je prévoyais de rester deux semaines ?

Et le plus inquiétant, que se passerait-il si le vrai stagiaire se présentait ?

Alors je vais m'enfuir. J'espère qu'il ne me tirera pas dessus.

S'il vous plaît, laissez-moi avoir la chance de manger en premier.

L'homme se lève et se dirige vers la porte. « Je suis désolé pour le trajet périlleux. Ces bois peuvent être impitoyables. Pas de route à proprement parler. Je suppose que ta valise est devenue trop lourde à porter ? Je partirai demain matin, pour voir si je peux la retrouver. » Il se retourne en posant une main sur le chambranle de la porte. « En attendant, tu peux prendre mes chemises dans le tiroir. La brosse à dents est sous le lavabo. La douche est au bout du couloir. » Sa voix s'éteint tandis que ses pas grincent dans le couloir. « Je te verrai au dîner, Sarah. »

Sarah.

À l'évocation du dîner, mon estomac grogne bruyamment. De façon embarrassante.

Ses pas s'arrêtent avant de continuer.

Chapitre 2

Caleb

Ce n'est pas la fille que j'ai embauchée.

Je n'aurais jamais embauché quelqu'un avec qui j'aurais voulu baiser.

Et Christ, je suis tenté.

La stagiaire qui devait arriver ce matin avait la trentaine. Elle venait de la ville la plus proche et cherchait à gagner un peu d'argent. Le plan était d'étudier la façon dont une femme se comporte, parle, cuisine. Prendre des notes pour pouvoir écrire une description féminine avec authenticité. Regarder cette fille ne fera que me faire bander. Alors pourquoi ai-je facilité ce mensonge ?

Parce qu'elle s'apprêtait à me dire la vérité. Alors, quelle raison aurais-je eu de la garder ici ? Cette fille aux yeux verts et courageux. Cette fille qui fuit quelque chose que je veux instinctivement protéger. Cette fille dont la voix semble avoir déjà rêvé.

Qui est-elle ?

Mes mains se referment en poings tandis que je marche dans mon bureau. Quand j'ai enlevé ses chaussettes, ses pieds étaient meurtris par la course. Personne ne court dans cette douleur à moins de fuir un cauchemar. Et je sais ce que c'est. Quand elle m'a défié, m'a dit qu'elle n'était pas douce, j'ai ressenti ça aussi. Ce déni de faiblesse envers tout le monde, même envers moi-même.

Quelle ironie que j'aie eu besoin d'une femme ici pour pouvoir cataloguer ses différences.

Et quelqu'un qui me ressemble tellement apparaît.

Elle a cependant quelques différences physiques. Même couverte de sueur et de terre, arrachée aux branches d'arbres, je ne peux m'empêcher de m'émerveiller devant un corps si souple. Ses os sont si fragiles, ses muscles souples et féminins. Elle est plus jeune que moi, probablement d'une bonne décennie, même si ses yeux sont ceux d'une vieille âme.

7

Ses cheveux sont d'une couleur indescriptible. Brun, sable et blond, une combinaison terreuse qui lui arrive à la taille.

Elle est négligée, sauvage, belle.

Mais à quoi je pense en la gardant ici ?

Construire une fondation de mensonges, alors que ma politique a toujours été la vérité à tout prix.

Et si je n'ai pas pu la laisser partir après une heure, qu'est-ce qui me fait penser que je la laisserai partir avec plaisir dans deux semaines ?

Est-ce que quelque chose ne va pas chez moi ? Qui convoite une fille qui est si clairement troublée ? Effrayée ? Fuyant quelque chose ?

Parce que ce n'est pas seulement du sexe que j'attends d'elle.

C'est autre chose aussi. Cette force tranquille dans ses yeux m'a attrapé à la gorge, a réveillé mes poils protecteurs. Je me suis senti possessif. Je ne veux pas simplement qu'elle soit la première femme que j'aie depuis des années. Je veux être le bouclier entre elle et ce dont elle a peur.

Le bruit de la douche me fait lever la tête.

Est-ce qu'elle est déjà nue ?

Rien que de penser à la mousse qui coule sur ses tétons, à mon simple savon blanc qui fait mousser sa chatte, ça fait battre ma bite à tout rompre. Elle s'épaissit dans mon jean, me donnant presque le vertige. Mais la fille est affamée et épuisée, alors je dois me retenir.

Je m'ordonne de me concentrer, je mets quelques steaks sur le feu et je fais rôtir quelques légumes racines du jardin. Je beurre du pain et le pose sur une assiette au milieu de la table quand elle entre dans la cuisine, ses longs cheveux mouillés, un simple T-shirt blanc qui lui descend jusqu'aux genoux. Le fait qu'elle ait l'air si jeune ne calme pas mon désir, mais ça me fait vraiment me sentir comme un salaud.

Je fais semblant de ne rien remarquer quand elle jette un œil furtif sur la pile de courrier sur mon buffet. Elle cherche un nom pour m'appeler, sans doute. Un nom qu'elle est censée connaître.

Quoi qu'il en soit, j'ai hâte de l'entendre le dire.

« Assieds-toi. » Ma voix n'est plus qu'un grincement. « Commence si tu veux. »

"Merci."

Je lui tourne le dos pour qu'elle n'ait pas honte d'avaler le pain et le beurre. Et bien sûr, quand je me retourne une minute plus tard, la moitié de l'assiette est vide.

C'est décidé, à ce moment-là.

Si un homme est responsable d'avoir blessé cette fille, je vais lui arracher les entrailles.

Personne ne lui fera plus de mal. Jamais.

Mon Dieu, j'aimerais connaître son vrai nom. Je saurais tout d'elle d'ici demain matin. J'ai les contacts dans les services secrets pour que cela se produise facilement. Mais je ne peux pas lui demander son nom au gouvernement sans ruiner la ruse - et quelque chose me dit qu'elle a besoin de cette tromperie. Elle a besoin de se cacher dans ce jeu auquel nous jouons et pour une raison quelconque, quelque chose de profond et de résolu me pousse à donner à cette fille ce dont elle a besoin. Se sentir en sécurité. Rester.

Quand la lumière frappe sa joue et que je réalise que la saleté n'était qu'un bleu, je pose le steak et les légumes devant elle plus fort que prévu. Elle sursaute, mais garde la tête baissée.

« Comment s'est passée ta douche ? »

Elle ramasse ses ustensiles, essayant visiblement de se calmer. Ne pas plonger tout de suite. « Incroyable, dit-elle. Je ne voulais pas sortir. »

« Pourquoi l'as-tu fait ? »

Un coin de sa bouche se contracte. « J'ai senti l'odeur du dîner. »

Mon rire ressemble plus à un grognement. « Tu veux une bière ? »

« Oh, je ne suis pas... » Assez vieux. Bon sang. Même pas vingt et un ans. « Bien sûr. »

Je sors deux bouteilles bien fraîches du réfrigérateur, j'en retire les bouchons et je les pose. Je m'assois en face d'elle à la table. Elle prend sa bouteille, lit l'étiquette et boit une longue gorgée pendant que j'essaie de ne pas me préoccuper de l'aspect de sa gorge lorsqu'elle avale.

« Alors... », dit-elle en me regardant à travers ses cils. « De quoi parle ton livre ? »

Merde, je ne m'attendais pas à ce qu'elle me pose la question. Je n'ai raconté l'intrigue à personne. Mais je me retrouve à vouloir qu'elle le sache. Je me retrouve à vouloir lui dire n'importe quoi, juste pour qu'elle me regarde. « Un ranger de l'armée à la retraite. De retour chez lui après une décennie, vivant avec une femme qui ne le connaît plus. Il y a un meurtre dans sa ville natale et son syndrome de stress post-traumatique lui fait se demander s'il l'a commis pendant un black-out. Sa femme et lui... ils... »

"Quoi?"

« Je ne veux pas que ça ressemble à une histoire d'amour. Ce n'est pas le cas. »

Elle hausse un sourcil. « Dis simplement le reste. »

J'hésite. « Ils se reconnectent, je suppose, tout en résolvant le mystère ensemble. »

« Oh », dit-elle d'un ton désinvolte, la bouteille de bière posée sur ses lèvres. « Est-ce qu'il y a des baisers ? »

« Non », dis-je fermement. Puis, « Peut-être. Je n'ai pas encore décidé. Ce sera minime, si c'est le cas. »

« Bonne idée », sourit-elle en croquant une carotte. « Personne n'aime embrasser. »

Je note mentalement que les femmes permettent aux hommes de remporter leurs petites victoires.

Ou du moins, celui-ci le fait.

« Hum. » Elle se déplace sur sa chaise et je me rends compte que je regardais sa belle bouche. « Tu as dit que l'idée d'écrire ce livre n'était pas la tienne. De qui était-ce ? »

C'est maintenant à mon tour de bouger, mal à l'aise. « Mon docteur. » Je prends ma fourchette, mais elle reste suspendue au-dessus de mon assiette. Je ne vois plus la nourriture, mais une explosion de couleurs. Une explosion de sons, qui comprend des coups de feu, des lames d'hélicoptère, des cris. « J'ai ramené un peu trop de guerre avec moi. Il a pensé que me concentrer sur autre chose, un monde fictif, serait utile. »

Elle a arrêté de mâcher, ses yeux verts s'adoucissent, cherchent.

Je ne pourrai pas supporter sa sympathie – ni celle de qui que ce soit d'autre – alors je change de sujet. « J'espère que ça ne te dérange pas que je te suive et que je prenne des notes. »

« Non », murmure-t-elle après quelques secondes. « C'est... pour ça que je suis ici. »

— Oui, c'est vrai. Un battement de cœur lourd retentit entre nous. Elle a l'air si jeune et vulnérable, engloutie dans ma chemise, que ma question s'échappe dans un grincement urgent. — D'où vient ce bleu sur ton visage ?

Laisse-moi tuer celui qui a fait ça.

Sa fourchette tombe sur l'assiette et glisse entre ses doigts pâles. « Est-ce que... Je-je ne me souviens pas si le fait que tu me poses des questions personnelles fait partie de l'accord que nous avons conclu. » Elle semble être sur le point de s'enfuir et je me prépare à la poursuivre, si nécessaire. « Est-ce que c'est le cas ? »

J'envisage de mentir, mais je l'ai déjà trop fait avec elle. « Non, ça ne faisait pas partie du deal. »

« Alors, s'il te plaît, ne le fais pas », me supplièrent-elles. « D'accord ? »

Mes dents du fond grincent. « Et si je le faisais ? Si j'exigeais de connaître toutes les pensées de ta belle tête ? »

Son souffle s'arrête et la couleur lui monte au cou.

Je la regarde prendre conscience de moi. En tant qu'homme. Je la regarde réaliser que je suis attiré par elle.

Dangereusement attiré.

Elle est innocente, pourtant. C'est évident. Elle n'en sait pas assez pour se demander si ma bite est dure sous la table, mais bon sang, c'est le cas. Raide et pesant. Depuis qu'elle est arrivée. Et la façon dont elle échappe à ma curiosité fait couler mon jus encore plus. Cela me donne envie de la coincer dans mon lit et de lui faire cracher tous ses secrets.

« Si tu exiges de connaître toutes les pensées qui me viennent à l'esprit, je m'en vais. » Son menton est levé, mais sa voix tremble. « Tu peux trouver quelqu'un d'autre pour observer ton livre. »

« Non, je ne veux pas quelqu'un d'autre », je grogne.

« Alors pas de questions personnelles, murmure-t-elle. S'il vous plaît. Ou je m'en vais. »

Je suis surpris de voir sa menace atteindre sa cible, m'effrayant. Elle n'est ici que depuis quelques heures et je suis déjà attaché à elle. De manière irréversible. Je ne connais pas son nom ni d'où elle vient. Si elle s'enfuit, je pourrais la traquer, mais je ne saurais pas où chercher si la piste s'éteignait. Si je veux la garder ici, la garder en sécurité, ma seule option est d'accepter ses conditions.

« D'accord. » Je fourre un morceau de steak entre mes dents et je mâche avec toute ma frustration. « Mais juste pour l'instant. »

Chapitre 3

Junon

Il n'est pas rare que j'entende des gens crier dans l'obscurité.

Là d'où je viens, c'est la norme.

Les cris torturés qui font trembler mes os ont longtemps été mes berceuses.

Le cri qui retentit au milieu de la nuit n'est pas celui que je reconnais. Il est profond. La misère d'un homme en stéréo. Autoritaire un instant. Guttural, désespéré l'instant d'après.

Il me faut une minute pour me rappeler où je suis.

Pas dans ma chambre banale et fermée à clé.

Je suis dans la chambre d'amis de Caleb. Enveloppé dans sa chemise et dans la douce couette vert forêt. Ce qui signifie que mon hôte est celui qui hurle dans le petit couloir.

Mon cœur se serre fort, les coins de ma bouche se courbent vers le bas.

Au dîner, il m'a confié qu'il souffrait de stress post-traumatique. Son honnêteté m'a fait me sentir encore plus coupable de lui avoir caché la vérité sur mon identité. Il devrait savoir qu'il disait quelque chose de profondément personnel à un étranger. Un menteur. À cause de ma tromperie et de mon refus de lui rendre son honnêteté, je dois à Caleb de le réveiller de ce cauchemar. N'est-ce pas ?

Mais est-ce que j'ai vraiment envie d'entrer dans sa chambre après la façon dont il m'a regardé ?

Comme si j'étais nue.

Comme s'il était curieux de savoir quel goût j'avais.

Les hommes m'avaient déjà regardé avec intérêt, bien avant qu'il soit légal pour eux de le faire, mais cette fois-ci ? C'était différent. Il y avait une pointe de folie dans son désir.

Et j'ai eu le sentiment qu'il tempérait ses propos pour mon bien.

Combien y avait-il encore en dessous ?

Un autre cri retentit dans le couloir et je balance mes jambes sur le côté du lit.

Ravalant mon inquiétude, je me dirige vers sa porte. La trouvant fermée, je l'ouvre... et j'ai le souffle coupé. J'avais raison. Caleb est enfermé dans les affres d'un cauchemar.

Une fine couche de sueur recouvre ses muscles impitoyablement aiguisés.

Il est nu lui aussi. Eclairé seulement par la lumière de la lune entrant par la fenêtre.

Un drap est enroulé sur la majeure partie de ses genoux, mais l'épaisse touffe de poils noirs et la large base de son sexe sont visibles. Il me faut un moment pour porter mon attention vers le haut, sur la dalle de son abdomen qui se soulève. Ses pectoraux tendus. Les veines qui ressortent sur les courbes généreuses de ses biceps, ses avant-bras tendus. Son langage corporel me fait penser à celui d'un animal acculé.

Ou un patient qui n'est pas d'humeur à prendre ses pilules.

Je connais bien ce sentiment et ma sympathie me fait avancer.

« Caleb, » je murmure, une fois que j'ai atteint le lit.

Ce n'est peut-être pas une bonne idée de le réveiller, mais je suis toujours reconnaissante quand quelque chose me tire de mon sommeil, que ce soit une alarme qui se déclenche ou une porte qui claque. Les gardes qui parlent trop fort dans le couloir. Si j'avais le choix, je ne voudrais jamais rester dans ce cauchemar. Le laisser se dérouler. Qui le ferait ?

Je pose un genou sur le bord du lit, évitant un bras qui s'agite. « Caleb. »

« Descends, bordel », grogne-t-il en découvrant les dents.

Mon cœur bat à tout rompre tandis que je pose une main au milieu de sa poitrine. « Caleb... »

Je suis jeté sur le lit. Violemment.

Cent vingt kilos de muscles roulent sur moi, une main mortelle encercle ma gorge. Ses yeux sont ouverts à présent, mais ils sont embués.

Toujours piégé dans un endroit inconnu. Revivant quelque chose d'indescriptiblement horrible. Son expression torturée me le dit. Et même au milieu de ma terreur, je suis en deuil pour lui. Je veux l'aider. L'apaiser.

« Caleb, » je halète en retenant mon précieux souffle. « Réveille-toi. »

Un muscle de sa joue se contracte et sa tête se penche vers la droite. « Qui est là ? »

Quel nom dois-je utiliser ? Junon ? Sarah ? Je m'efforce de remplir mes poumons de son corps énorme qui m'écrase et je dis en expirant : « C'est moi. »

Ses paupières se ferment et il secoue la tête avec force, comme s'il essayait de se libérer du brouillard.

Et puis lentement, Caleb concentre toute cette torture sur moi.

Je suis maintenant réveillé, mais je souffre toujours.

Besoin d'un endroit où le mettre.

Contre l'intérieur de ma cuisse, son sexe se raidit et sa poitrine commence à se soulever avec une vigueur renouvelée. Ses hanches se déplacent légèrement vers la droite, se serrant dans le berceau de mes cuisses, s'y installant comme un roi sur son trône. « Qu'est-ce que tu fais ? » je souffle.

Il tire mes poignets vers le haut, au-dessus de ma tête, et les bloque. « Ne me dis pas non, ma fille », dit-il d'une voix rauque. « Ne me demande pas d'arrêter. »

« Mais Caleb... »

Sa bouche piétine la mienne, interrompant le flot de paroles. Qu'allais-je dire ? Arrête. Je crois que j'allais lui dire de me laisser partir, mais le désespoir dans son baiser me trouble. Il oppose ma compassion à ma peur de l'inconnu. La première écarte mes lèvres pour lui comme un pont-levis, lui permettant d'entrer et de prendre. Cet homme me dévore, sa tête penchée à droite, puis à gauche, sa langue si profondément enfoncée dans ma bouche que je pourrais la confondre avec la mienne.

Mes poignets sont serrés dans une poigne meurtrie, mes protestations se perdent dans le baiser, et lentement il commence à se balancer contre la jonction de mes cuisses. Lentement, lentement, puis rapidement, des sons rauques éclatent dans sa gorge, mais il ne rompt jamais le baiser. Non, il continue à se consumer, sa bouche parcourant la mienne, nos fronts rougis, un souffle chaud soufflant de ses narines.

« Ma petite princesse perdue, croasse-t-il, me laissant enfin respirer, ses lèvres dures grattant le creux de ma gorge, lançant une attaque sensuelle. C'est ta maison maintenant. »

J'ouvre la bouche pour répondre, mais il saisit mes deux poignets d'une main, utilisant sa main libre pour déchirer ma chemise empruntée en deux et tout ce que je peux faire, c'est rester bouche bée. Devant ma nudité complète. Devant l'homme qui grogne déjà contre mes tétons, les léchant avidement.

« Putain, dit-il d'une voix rauque. Elles sont délicieuses. On dirait des petites cerises mûres. »

Un gémissement s'échappe de mes lèvres.

Est-ce que ça fait du bien ?

Je-je-je ne sais pas.

Il y a de l'humidité entre mes cuisses, mais les sensations de resserrement dans mon ventre sont si étranges, si déroutantes. Où mènent-elles ? « C-Caleb— »

Il me retourne sur le ventre, expulsant l'air de mes poumons.

J'essaie d'aspirer de l'oxygène, mais il est déjà allongé sur moi, écartant mes jambes. « Je n'ai pas eu de chatte depuis dix ans », grogne-t-il dans mon oreille. « La plus douce de toute la création tombe directement sur mes genoux. Tu pensais que je ne finirais pas par la percer ? »

Mon corps est excité, il picote, mais mon cœur se rebelle.

Je ne suis pas sûr de vouloir m'arrêter, mais tout va si vite.

Est-ce que c'est comme ça que ma première fois est censée se passer ?

Je ne sais même pas exactement comment fonctionne le sexe. Est-ce qu'il va me le dire ?

Ses doigts se logent entre le matelas et mon ventre, descendant, descendant. Je frémis quand ils descendent sous mon nombril. Oh mon Dieu. Il va me toucher là. « Attends », je souffle, mes fesses se tortillant, frénétique sur ses genoux. « Mais... mais... »

Il n'attend pas.

Le bout de son majeur écarte mon sexe comme s'il en était propriétaire et des feux d'artifice explosent dans ma vision, leur silhouette tachant l'oreiller sur lequel mon visage est pressé. Il me chatouille sur ce bouton, ce bouton avec lequel je joue parfois sous la douche, même si cela ne me mène nulle part, à part à la frustration. La façon dont Caleb touche le bouton raide est différente. Exigeante. Crue.

Éveiller.

« Je te mets au défi de faire semblant de ne pas aimer ça, ma fille », me grogne-t-il à l'oreille. « En fait, dis ce que tu veux. Ta chatte me dit la vérité, n'est-ce pas ? Tu es une petite princesse mouillée dans le lit d'un homme et il n'y a qu'une seule issue. »

Mon gémissement est étouffé par l'oreiller.

La façon dont il me parle est honteuse.

Est-ce que ça veut dire que j'ai honte de retenir mon souffle, de ne pas vouloir rater un mot ? Et il a raison sur un point, la chair de l'intérieur de mes cuisses est trempée, de plus en plus à chaque coup de ce bouton entre mes cuisses. Il y a une tension qui s'accumule en moi et je ne sais pas ce que cela signifie, mais je commence à me frotter contre son doigt, un gémissement devenant de plus en plus fort dans ma gorge. « Caleb. »

« Voilà. C'est comme ça que tu dis mon nom, ma fille. » Ses hanches s'abaissent violemment sur les miennes, poussant son érection contre mes fesses. « C'est comme ça que tu me dis que tu es prête pour une bite. »

Suis-je prêt pour cela ?

Je ne sais pas. Je ne sais pas.

Mais ensuite, il pousse mes genoux plus loin et tire mes hanches vers le haut à un angle.

Quelque chose de doux et de chaud me caresse l'ouverture, puis s'enfonce jusqu'au plus profond de mon corps, lentement, centimètre par centimètre, une force rigide, inarrêtable. Un mastodonte qui franchit cette barrière virginale pour me remplir complètement. Et je hurle. Je hurle devant l'intensité de l'invasion, la façon dont elle m'étire, la façon dont il ne me laisse pas une seconde pour m'habituer à lui avant de soulever mes hanches plus haut et de me frapper, le grincement des ressorts du lit se mêlant à ses grognements gutturaux.

« Putain, c'est serré », gémit-il en passant une paume sur ma colonne vertébrale et en l'enroulant dans mes cheveux, tirant ma tête en arrière. « Tu es majeure, ma fille ? »

J'ai dix-huit ans, mais je suis trop bouleversée pour répondre... et la façon désespérée dont il s'enfonce en moi suggère qu'il ne s'arrêterait pas, peu importe ce que je lui répondrais. Ça fait mal. Je suis en train de me faire mal. Mais il y a un picotement dans mes hanches qui commence à se diriger vers l'intérieur, faisant se contracter mon ventre. Comment quelque chose d'aussi puissant peut me faire me sentir... chatouilleux, c'est au-delà de ma compréhension, mais la sensation monte jusqu'à ce que je gémisse dans l'oreiller.

Son ventre dur comme de la pierre frappe mes fesses encore et encore, sa paume claquant sur la joue de mes fesses de temps en temps, comme s'il me réprimandait pour le faire se sentir si bien. Je ne comprends pas, mais ces fessées me rendent sensible de partout et soudain je me remets dans les pompes de ses hanches, une partie sombre et inconnue de moi-même appréciant le mélange de douleur et de plaisir. Appréciant le fait que je l'ai fait sortir de ses gonds.

Parce qu'il n'est plus qu'un animal maintenant.

Il m'aplatit sur le lit, enfonce ses dents dans mon épaule et me prend si violemment que j'en vois des étoiles. Un instinct me dit qu'il va bientôt en avoir fini et je ne veux pas être laissée derrière. Alors je coince mes doigts entre mes jambes et chevauche le talon de ma main, ses pompes frénétiques écrasant ce bourgeon lisse de haut en bas, de haut en bas, jusqu'à ce que je commence à paniquer devant l'ampleur de ce que je commence à ressentir. Je n'ai jamais été aussi loin. Je n'ai jamais senti le poids du plaisir peser sur moi, rassemblant tous mes nerfs et les faisant trembler.

« Je ne sors pas ma bite. Je ne peux pas. » Son rythme devient effréné, sa sueur coule dans mon dos, se mélangeant à la mienne. « Je vais peut-être devoir te mettre un gosse, ma fille. »

Suis-je une mauvaise graine ?

C'est ce que ma mère m'a toujours dit.

Mais je n'y avais jamais cru jusqu'à ce que Caleb menace de me mettre enceinte et me donne encore plus envie. Il me fait remuer mes hanches au rythme de ses coups, ma lèvre supérieure se retrousse de malice. Je n'ai aucun avertissement avant d'être engloutie dans un trou noir de plaisir, mes cris sont délivrés dans l'oreiller tandis que de longues ondulations insupportablement chaudes saisissent mon cœur, apportant un soulagement si complet que mes yeux roulent à l'arrière de ma tête.

Caleb se raidit derrière moi, étouffant des jurons, sa main se fléchissant et se relâchant là où elle agrippait mes cheveux. Cette énorme et méchante partie de lui spasme à l'intérieur de moi, une humidité chaude et collante inonde mon sexe et coule le long de l'intérieur de mes cuisses. Il continue de pomper, de grogner, de me donner une fessée sur les fesses avec une paume dure jusqu'à ce qu'enfin, il s'effondre sur moi, sa respiration rauque laissant de la condensation dans la courbe de mon cou.

Je ne sais pas quoi penser ou ressentir.

Non, je le fais.

Je suis... en colère. Contre lui pour avoir pris ce que je n'ai pas techniquement proposé.

À moi-même pour avoir trouvé du plaisir dans l'acte, malgré son traitement grossier, ses paroles ordurieres et ses intentions encore plus ordurieres. Je suis une mauvaise graine et je lui en veux de me l'avoir prouvé.

Les larmes envahissent ma gorge et je lutte pour sortir de dessous son corps lourd.

Il ne me laisse cependant pas aller bien loin, sa main se tend et s'enroule autour de mon coude. Quand je regarde l'homme par-dessus mon épaule, il a l'air angoissé, des ombres torturées débordent dans ses yeux. « Jésus. Sarah... »

Je serais restée s'il ne m'avait pas appelé par le mauvais nom.

Ce n'est pas vraiment de sa faute, car il ne sait pas que je suis Juno. Mais se faire dépuceler de manière aussi violente, puis se servir de Sarah pour s'adresser à moi... c'est trop.

Refusant de pleurer devant Caleb, je me dégage de son emprise et cours dans le couloir, m'enfermant dans la chambre d'amis, me recroquevillant en boule sur le lit et laissant tomber les larmes silencieuses.

Chapitre 4

Caleb

Je nettoie le sang vierge de ma bite et me force à regarder la serviette tachée de rouge.

À ce que j'ai fait.

Christ, suis-je vraiment cet homme ? Un homme qui...

Était-ce une agression ? Ai-je agressé cette gentille, belle et troublée fille ?

Les somnifères sont censés m'empêcher de faire des cauchemars, mais ils ne font qu'empirer les choses. En plus de rendre les images plus vives, plus viscérales, les médicaments me font prendre du temps après mon réveil pour retrouver complètement ma personnalité. Je me réveille en sursaut, débordant d'adrénaline, comme si j'étais au milieu d'une bataille et... elle était là.

Abri en cas de tempête.

De la douceur dans un monde de douleur éclatante.

Elle posa cette main innocente sur ma poitrine et je perdis la tête. Ma bite ne pouvait pas être refusée. Tous les souvenirs noirs et les cris du passé s'en allèrent dès que nous fûmes peau contre peau... et je ne pouvais pas renoncer à cette sérénité. Je ne pouvais pas m'arrêter. Je ne m'arrêtais pas pour la mettre à l'aise.

Ou prépare-la.

Elle était vierge.

Et je suis un putain de monstre.

Je ne peux pas rester assis là jusqu'au lever du soleil, me demandant si elle me parlera à nouveau un jour. Je me demande s'il y a un moyen de réparer les dégâts que j'ai causés. Je suis un homme de mouvement, d'action, alors j'enfile un jean et un t-shirt, rôdant dans le couloir devant sa porte. Elle est fermée à clé. Ce serait aussi simple que de respirer pour l'ouvrir d'un coup de pied, mais je me retiens. J'ai déjà utilisé trop de force ce soir avec cette fille. Me frayer un chemin là-dedans ne ferait qu'empirer les choses.

Bon sang, je ne sais rien des femmes.

Qu'est-ce qui va résoudre ce problème ? Est-ce qu'il y a quelque chose qui peut résoudre ce problème ?

Je l'ai juste baisée face contre terre sans la moindre trace de finesse. Ni de douceur.

Ou des encouragements.

Les conneries que je lui ai dites... Jésus, je mérite d'être abattu.

Des excuses ne suffiront pas. Je dois lui apporter quelque chose. Mais quoi ? Des fleurs ? Cela ne semble pas être son style.

Nourriture.

Bonbons.

Vêtements.

Elle ne peut pas vivre avec des chemises empruntées, n'est-ce pas ? Je peux sortir et lui ramener des vêtements à porter. Il y a une route cachée qui mène à l'autoroute. Je l'ai déguisée lorsque j'ai acheté cet endroit, voulant un isolement total. C'est censé être uniquement pour les urgences, mais qu'est-ce que c'est que ça sinon une urgence ? Elle pleure là-dedans.

Je me frotte la poitrine et continue à marcher, réfléchissant encore une fois à l'intérêt de défoncer la porte. Je m'en abstiens tant bien que mal. Je me concentre plutôt sur la tâche à accomplir. Il fait sombre dehors, c'est le milieu de la nuit, mais il y a un Walmart ouvert 24h/24 à moins de 16 km. Elle ne va pas essayer de s'enfuir dans le noir complet, n'est-ce pas ? Alors, que Dieu me vienne en aide, si elle est partie quand je reviens, j'arracherai tous les arbres de cette foutue forêt jusqu'à ce que je la retrouve.

Je vais à la cuisine et je récupère mes clés de voiture, en grinçant les dents en métal sur mon front, ma poitrine sur le point de s'effondrer, et je marche sur le sol comme un lion.

Je ne peux pas prendre de risque. Je ne peux pas prendre le risque qu'elle parte.

Putain. Je ne vais qu'empirer les choses entre nous, mais quelle autre option ai-je ?

Mon pouls résonne dans mes oreilles tandis que je récupère une corde dans le hangar et la traîne derrière moi en direction de sa chambre. « Ouvre la porte. »

Une longue pause. « Non. Je dors. »

Mes sourcils se froncent. Nous savons tous les deux qu'elle est réveillée. « On dirait que ce n'est pas le cas. »

Plusieurs battements s'écoulent. Et puis elle fait semblant de ronfler.

Quelque chose de lourd se retourne dans ma poitrine. Je crois... je crois que je trouve sa prétention amusante. Et adorable. Maintenant, je suis encore plus déterminé à m'assurer qu'elle ne me fuit pas. « Une dernière chance d'ouvrir la porte, ma fille. »

Elle ronfle plus fort.

Un rire menace, mais je m'en remets. Je recule et je défonce la porte.

Elle hurle, grimpe sur le lit froissé et cache sa nudité avec un oreiller. Sa bouche s'ouvre pour me questionner, mais elle aperçoit la corde et elle se referme. « Qu'est-ce que... qu'est-ce que tu fais ? »

« Je ne peux pas te laisser partir pendant que je suis en train d'acheter des excuses. »

Cette explication calme ne semble pas la rassurer. « Ne m'attache pas, Caleb. Je ne partirai pas. Je n'ai nulle part où aller ! » balbutie-t-elle.

« Je ne peux pas prendre ce risque. » Je m'approche, passant la corde entre mes mains. « Je ne vais pas la tendre. Ce ne sera que pour une heure ou deux. »

Ses yeux se tournent vers la fenêtre, mais je secoue déjà la tête. « Ne m'oblige pas à t'attacher les chevilles aussi. »

« S'il te plaît, s'il te plaît, ne fais pas ça. Je déteste être attachée. » Elle prend une inspiration et reste immobile, visiblement choquée par ce qu'elle m'a révélé.

Je suis choquée aussi. Et envahie de rage. Comme si quelqu'un avait appuyé sur un interrupteur.

« Putain, qui t'a attaché ? » je demande prudemment, la corde craquant dans mes mains tremblantes.

Elle lève les yeux vers moi avec des yeux verts incrédules. « Tu es sur le point de m'attacher ! Comment peux-tu en vouloir à quelqu'un d'autre de l'avoir fait ? »

« Réponds-moi maintenant ! Qui était-ce ? »

La victoire illumine son visage. « Pas de questions personnelles. »

Je me retourne et je fais un trou dans le mur, écrase mes articulations douloureuses contre ma tempe. « Est-ce que c'est ce que font les femmes ? Elles créent une série de pièges dans lesquels les hommes peuvent entrer ? Si je ne t'attache pas, tu vas m'échapper. Si je le fais, je pourrais te faire pleurer à nouveau. Il n'y a pas de bonne réponse. »

« Oui, il y en a. Tu peux me faire confiance. »

« Absolument pas. Je ne fais confiance à personne. »

— Moi non plus. Mais... (Elle s'arrête, se léchant les lèvres.) Je ne sais pas. Peut-être qu'il faut bien commencer quelque part, tu sais ? On va rester ici ensemble pendant deux semaines. Si elle pense que je la laisse partir dans deux semaines, elle a tout faux, mais j'ai la sagesse de ne pas la corriger. — Si tu ne m'attaches pas, Caleb, je vais répondre à une question personnelle.

Condamner.

Il n'y a aucun moyen de résister à la tentation.

J'aimerais lui demander son nom, mais si je le fais, notre histoire sera finie. Elle saura que j'ai toujours su qu'elle n'était pas Sarah. Et j'ai déjà décidé qu'elle devait se cacher encore un peu avant de révéler d'où elle vient vraiment. Ce qu'elle a traversé.

« Qui t'a attaché ? » dis-je d'une voix rauque.

Ses doigts se crispent sur l'oreiller. « Un médecin. Docteur Taylor. »

"Pourquoi?"

Lentement, elle secoue la tête. « C'est plus qu'une question. »

La frustration s'installe sous ma peau. « Je le tuerai pour toi un jour. »

« Bien », souffle-t-elle, semblant secouée par sa propre réponse. Quelque chose se passe entre elle. La compréhension que nous avons tous les deux une part d'obscurité. Cela engendre plus de confiance que l'accord que nous avons conclu, le plissement de mes yeux et le scintillement dans les siens qui lui répond. Je bande, de manière impossible, dans mon jean, j'ai envie d'explorer cette obscurité que nous partageons, mais je dois d'abord faire amende honorable. Si elle me laisse revenir entre ses cuisses, j'aurai de la chance. Il y a peut-être un peu de danger qui se cache en elle, mais pas assez pour l'empêcher de pleurer. Pour l'empêcher de s'enfuir de ma chambre comme si elle avait été attaquée. Elle l'avait fait, de bien des façons.

J'avale difficilement et je lâche la corde. « Si tu cours, je te retrouverai. »

"Je sais."

* * *

Junon

Quand Caleb revient une heure plus tard, il est blanc comme un linge. La sueur perle sur sa lèvre supérieure, et une partie de sa chemise est encore plus mouillée sous sa gorge.

Il tient deux gros sacs dans ses mains, ses jointures sont couvertes de taches de couleur autour des poignées. Je ne pouvais pas dormir sans lui, alors j'ai trouvé une nouvelle chemise et je l'ai attendu dans la cuisine. Lorsqu'il me voit à table, un frisson le traverse et il pousse un soupir.

Il ferme la porte derrière lui et porte les sacs jusqu'à l'endroit où je suis assise, les posant à mes pieds. Un par un, il sort les articles des sacs et les place sur la table. Trois paires de jeans, un mélange de tongs et de culottes de bikini, une paire de baskets, des débardeurs blancs, un sweat à capuche rose, deux robes décontractées, du shampoing et de l'après-shampoing fleuris. Du déodorant. La dernière chose qu'il sort est une chemise de nuit courte en soie grise à fines bretelles, avec de la dentelle blanche à l'ourlet.

Quand il a fini de vider les sacs, il tire une chaise à côté de moi et s'y assoit. Nous ne sommes que deux personnes assises dans la cuisine silencieuse à une heure et demie du matin, sans parler. Lentement, il tourne ses jambes vers moi, se penche en avant et pose ses coudes sur ses genoux. Il tourne la tête vers moi et j'ai du mal à respirer à cause du regret qu'il éprouve.

Je ne peux pas te laisser partir pendant que je suis en train d'acheter des excuses.

C'est sa façon de s'excuser pour ce qui s'est passé dans sa chambre.

L'émotion me frappe la poitrine. Même si j'ai fini par prendre du plaisir dans son lit, je sais que je ne devrais pas le laisser s'en tirer. Il était agressif. Dominateur. Et il a pris ma virginité comme un sauvage. C'est peut-être parce que personne ne m'a jamais demandé pardon avant – pour rien au monde – que je vois ma main se rapprocher de la sienne, s'arrêtant juste avant de la tenir.

Il regarde ma main, sans respirer.

Une horloge fait tic-tac quelque part dans la maison.

Caleb déglutit et rapproche sa chaise d'un centimètre, se tournant davantage dans ma direction. Son gros torse se soulève et s'abaisse, se soulève et s'abaisse...

Et puis il fait quelque chose auquel je ne m'attendais pas.

Il pose sa tête sur mes genoux.

Je désespère de la façon dont mon cœur semble se dilater, palpiter sauvagement. Il m'a accueilli avec un fusil de chasse, m'a maîtrisé physiquement et a menacé de m'attacher - et cela ne fait même pas encore un jour. Malgré tout cela, je pense que je pourrais avoir des sentiments sérieux pour cet homme, malgré sa folie évidente.

Est-ce que ça me rend fou aussi ?

Je l'ai toujours nié, mais maintenant je n'en suis plus si sûre. Parce que je me retrouve à lui caresser les cheveux. D'un seul coup, ses bras s'enroulent autour de ma chaise et de mon corps, m'attirant aussi près que possible, son visage enfoui dans mon ventre. Il appuie là. Nous restons ainsi pendant Dieu sait combien de temps. Une heure, peut-être plus, mes doigts parcourant son cou de haut en bas, sur ses cheveux noirs coupés, ses bras comme des bandes d'acier autour de moi.

Juste au moment où je commence à m'endormir, il me prend dans ses bras et m'emmène dans sa chambre.

Ses yeux cherchent les miens, désespérés, et je hoche la tête.

Je m'endors dans ses bras, ignorant la peur d'avoir échangé une prison contre une autre.

Celle-là, par contre... je n'ai pas vraiment envie de m'échapper.

Et cela m'inquiète plus que tout.

Chapitre 5

Caleb

J'attends qu'elle soit sous la douche pour me retourner, enfouir mon visage dans son oreiller et me branler.

Mon érection n'a pas diminué de toute la nuit, serrée contre son cul nu et lisse, mais je sais que la baiser à nouveau va demander du travail. Elle a peut-être eu pitié de moi et m'a pardonné, mais il y a une ligne dans le sable entre nous maintenant. Si je la franchis à nouveau avant qu'elle ne soit prête, un mur de briques remplacera cette ligne et ce sera inacceptable pour moi. Je ne veux rien entre nous. Rien.

Face contre terre, je serre mon poing, imaginant que c'est sa petite chatte serrée.

J'imagine qu'elle m'a non seulement pardonné, mais qu'elle m'a timidement demandé si nous pouvions baiser à nouveau.

Elle rougit et écarte les cuisses pour ma bite, son majeur caressant activement son clitoris, des gémissements trébuchant sur ses lèvres.

Ses tétons rouges bougent de haut en bas pendant que je m'enfonce dans son trou de baise humide, le scintillement de ses yeux verts me disant qu'elle va jouir vite. Bonne fille. Moi aussi.

Je ne peux pas tenir plus d'une minute dans son petit corps mûr, ma colonne vertébrale commence déjà à se tendre. Lisse, elle est tellement lisse, elle commence à jouir autour de moi, ses gémissements haletants de mon nom me font perdre pied.

« Bon sang. Merde. Oui, oui, oui, » je gémis dans l'oreiller, secouant ma charge dans les draps.

« Prends-la, princesse. S'il te plaît, arrête de pleurer. S'il te plaît. Plus jamais. »

Je suis encore essoufflé quand la douche s'arrête. Ma bite reste à moitié dure parce que mon poing n'arrive même pas à se comparer à sa chatte. Et même si ça fait mal, je l'enfile dans un jean et je vais faire du café.

Ma tasse s'arrête à mi-chemin de ma bouche quand elle sort dans l'une des robes que je lui ai achetées. Une robe rose à pois blancs partout qui se boutonne sur le devant. Elle est courte comme l'enfer et épouse ses seins. Je ne vais pas mentir, ces deux choses étaient un véritable argument de vente pour moi.

« Tu es jolie », dis-je, ma voix sonnant rauque à mes propres oreilles.

« Merci. » Elle passe ses mains sur sa jupe. « Tu ne m'as pas acheté de soutien-gorge. »

« Oups. » Je sirote mon café.

L'humour fait frémir ses lèvres.

Et j'aime qu'elle puisse me sourire, même si nous savons tous les deux que je dois regagner ses bonnes grâces. J'ai embauché Sarah pour que je puisse en apprendre davantage sur les femmes, mais je ne m'intéresse qu'à cette femme maintenant. Je vais prendre des notes sur elle. Des notes minutieuses et détaillées.

Jusqu'à présent, j'ai appris qu'elle est plus résistante qu'elle n'en a l'air. Ses pieds sont meurtris et pourtant elle marche sans boiter, comme si elle refusait de trahir sa faiblesse.

Elle est miséricordieuse. Elle pardonne. Je peux encore sentir ses doigts caresser mon cou la nuit dernière, m'accordant une absolution que je ne méritais pas.

Elle est rusée. Elle m'échange des informations à son sujet pour que je ne l'attache pas.

J'ai hâte d'en savoir plus sur elle aujourd'hui.

Je saurai tout bientôt.

C'est presque insupportable d'exister dans un état où certaines choses la concernant restent un mystère.

« Qu'allons-nous faire aujourd'hui ? » demande-t-elle en se mordant la lèvre et en regardant autour d'elle.

Un mot d'encouragement et je passerais la journée à lui lécher la chatte.

Cette pensée doit être assez évidente sur mon visage, car elle devient rose.

« C'est toi qui décides », je gémis presque. « Je vais t'observer. »

« D'accord. » Ses yeux s'illuminent. « Je vais faire un gâteau. »

Un rire me prend au dépourvu. « Un gâteau ? Quelle est l'occasion ? »

« L'occasion, c'est de vouloir manger du gâteau. »

Elle commence à ouvrir les placards, se met sur la pointe des pieds pour chercher des ingrédients, son joli cul apparaissant sous l'ourlet de la robe.

« Je n'ai rien mangé de sucré depuis si longtemps. »

Mon cœur se serre dans mon estomac, délogeant la vague de désir.

Où était cette fille ?

Qu'est-ce qu'elle a traversé ?

Quand je découvrirai qui a blessé cette fille, ma vengeance sera rapide et mortelle.

Peu importe que je lui fasse du mal aussi.

En avalant la boule de la taille d'un poing dans ma gorge, j'ouvre mon carnet sur la table et clique sur mon stylo, prêt à prendre des notes pendant qu'elle cuisine.

Je suis un peu surpris d'avoir tous les ingrédients nécessaires. Des œufs, du lait, du sucre, du beurre, de l'extrait de vanille. Il n'y a pas de glaçage et je me maudis de ne pas avoir acheté tout le magasin hier soir.

Elle bouge comme dans un rêve, son visage s'illumine d'un plaisir simple alors qu'elle casse des œufs, mélange tout dans un bol.

Mon stylo griffonne sur le papier blanc, notant tout ce que j'observe.

Elle est soignée, nettoyant le comptoir après avoir ajouté chaque ingrédient.

Elle est gauchère.

Lorsqu'elle tire ses cheveux en arrière, la queue de cheval atterrit au milieu du dos et la lumière du soleil fait ressortir différentes couleurs.

Brun rougeâtre et blond babeurre. Il y a une fossette sur sa joue, mais elle n'apparaît que lorsqu'elle se concentre, pinçant les lèvres. Ses lèvres bougent quand elle lit le dos des paquets.

Elle me fait tellement bander que je dois baisser ma fermeture éclair en silence pour donner à ma bite un peu d'espace pour respirer.

Et ce bâton d'acier se tient droit, effleurant le dessous de la table pendant que je continue à prendre des notes. Des notes qui deviennent de plus en plus obsessionnelles à chaque instant.

Il y a une tache de rousseur à l'arrière de son genou gauche. Brun moyen.

Elle lève une hanche quand elle bouge.

Respire environ vingt-sept fois par minute.

Et quand elle se penche en avant pour glisser la poêle dans le four, ses fesses impertinentes me sautent aux yeux et je serre les dents, au bord de l'orgasme.

« Ce sera prêt dans une demi-heure », dit-elle en réglant le minuteur.

Je grimace et remonte ma braguette.

« On devrait faire une promenade. Manger dehors. »

« Comme un pique-nique ? » souffle-t-elle, excitée.

Je hoche la tête.

Elle regarde mon carnet avec curiosité.

« Qu'est-ce que tu as écrit ? »

« Je te dirai une chose que j'ai écrite si tu réponds à une autre question personnelle. »

Son sourire vacille. « Pose la question en premier et je déciderai. »

« Non, ça ne marche pas comme ça. »

« Vous n'êtes pas en mesure d'établir les règles. »

Après la nuit dernière, veut-elle dire. J'incline la tête pour le reconnaître.

J'ai l'habitude de donner des ordres, pas de les suivre, mais je commence à comprendre qu'il y a parfois de la force à céder quand il s'agit de cette fille. Par exemple, si j'avais obéi et l'avais attachée hier soir, je doute sérieusement qu'elle sourirait maintenant et nous ferait un gâteau.

"Quel âge as-tu?"

Elle se détend un peu. « J'ai eu dix-huit ans il y a deux mois. »

Je relâche un souffle que je n'avais pas conscience de retenir.

« Je n'étais pas sûre. Tu étais... »

Le rouge tache ses joues. « Inexpérimentée ? »

« Oh oui. »

Je baisse les yeux vers son ourlet.

« Serré comme un boulon, en plus. »

« Oh, » murmure-t-elle d'une voix tremblante. « C'est une... bonne chose ? »

« Ah, princesse. C'est une très bonne chose. » Le besoin se tord en moi, sombre et affamé. Exigeant d'être satisfait. « Il faut qu'on arrête de parler de ta chatte parfaite, sinon je vais m'énerver à nouveau. »

Sa gorge tremble. « Dis-moi une chose que tu as écrite. »

Je n'ai pas besoin de consulter la page.

« Tu pardonnes. »

Elle hausse un sourcil. « Seulement la première fois. »

Mon hochement de tête est lent, mesuré.

« C'est pour ça que j'attends le feu vert, ma fille. Peu importe à quel point ça fait mal. »

Un malaise aigu me serre le ventre, me mordille et me tord.

« Le pire, c'est de savoir que tu n'as pas eu d'orgasme. Ça me tue. »

Nous respirons tous les deux fort, face à face, de l'autre côté de la table.

Ses mamelons sont durs, poussant contre le corsage de sa robe.

« Tu ne me reprendras plus tant que je ne le dirai pas ? Peu importe à quel point ça devient douloureux ? »

« C'est vrai », dis-je, les dents serrées.

La malice sombre dont j'ai été témoin la nuit dernière se manifeste, ses yeux se teintant d'un vert vif. Elle déambule lentement autour de la table, faisant glisser son index le long de la surface, ses hanches se balançant de manière séduisante. Lorsque la fille m'atteint, elle se penche et me murmure à l'oreille : « Qui a dit que je n'avais pas eu d'orgasme ? »

Ma colonne vertébrale se redresse brusquement et ma main se referme autour de son coude. « Et toi ? »

Sa bouche sexy est presque sur la mienne. « Cela ressemble à une question personnelle. »

Je me lève brusquement, ma hanche faisant déraper la table sur le sol. « Ma patience est à bout, ma fille. Tu es sur le point de l'atteindre. »

« Oui. » Elle tremble, essoufflée, recule. « J'en ai eu un. »

Incroyable. Le soulagement, le triomphe et la chaleur torride me parcourent les veines. J'étais tellement perdue dans l'adrénaline, en elle, dans les restes du rêve, que je n'en étais pas sûre.

Je la serre contre moi.

« Tu aimes quand c'est brutal. »

Ses paupières tombent, son hochement de tête est subtil. « Je pense que oui. Mais... »

« Mais tu as besoin de temps ? »

"Oui."

Je presse ma bouche ouverte contre son cou, léchant son pouls, incapable d'empêcher mes mains de caresser ses seins sans soutien-gorge, de faire glisser mon toucher le long de sa cage thoracique et de pétrir ses hanches, avant de m'arracher et de reculer, ma bite dure comme un pied-de-biche derrière ma fermeture éclair. Mon Dieu. Mon Dieu, elle est tout. Mon obsession. LA MIENNE. C'est pourquoi je dois faire ça bien. Je passe une main agitée dans mes cheveux et jure. « Allons faire un putain de pique-nique alors. »

Chapitre 6

Junon

Nous avons laissé refroidir le gâteau – et Caleb – avant de quitter la maison.

Même si je ne suis pas sûre que cet homme soit calme et serein. Ou s'il me laisse simplement croire qu'il l'est. Les muscles abondants de ses épaules sont contractés, sa mâchoire est en flexion permanente alors que je le dépasse en sortant par la porte arrière. Et je dois me retenir de me frotter contre lui, ronronnant comme un chaton. Ma peau est enfiévrée sous son attention captivée. J'ai l'impression d'être prise dans une toile.

Un physique.

Une expérience émotionnelle aussi.

Il y a une connexion entre nous et elle vibre comme un diapason, me faisant prendre conscience de chaque frémissement de ses doigts. S'il expire un peu trop fort, chaque follicule pileux de mon cou se met au garde-à-vous. Qu'est-ce que Caleb a réveillé en moi ?

Hier soir, j'ai oscillé entre l'indignation et le réconfort.

Il m'a malmené et m'a bercé comme un bébé.

Je devrais être confuse ou terrifiée par tous ces extrêmes, mais ce n'est pas le cas. Au contraire, ils m'excitent. Comment va-t-il être incité ensuite ? À quoi pense-t-il ? Que faudrait-il pour apaiser la bête qui sommeille en lui ? Se rendre ? Me faire capituler ?

Un frisson parcourt mes bras et Caleb me lance un regard sévère.

Je ne me rends compte qu'après avoir fait quelques pas dans les arbres que je suis exposée à l'extérieur. Dans la maison, je suis à l'abri des gens qui ont essayé de me poursuivre. Au moins, il y a un mur qui nous sépare. Ici, je suis une cible facile.

Mes pas vacillent et la poitrine de Caleb touche mon dos, son souffle agite les cheveux sur mes tempes. « Qu'est-ce qu'il y a ? »

« Rien », dis-je rapidement.

Un instant passe. « Tu t'inquiètes pour les animaux. » Avant que je puisse le corriger, il se tourne vers moi et soulève sa chemise, me laissant voir le pistolet glissé dans sa ceinture. « Rien ni personne ne te touche, princesse. Sinon. »

Il tuerait pour moi.

Cette folie omniprésente dans ses yeux me le montre clairement. Tout comme la nuit dernière, lorsqu'il a juré de tuer le docteur Taylor, un frisson me parcourt, faisant claquer sa queue. Entre mes jambes, la bande de mon string s'humidifie, mon pouls s'épaissit comme du sirop chaud. Les muscles endoloris de la nuit précédente se contractent, le cherchant en moi, et je dois avaler un soupir.

« Tu comprends ? » me demande-t-il.

« Oui », je souffle.

Et s'il savait la vérité à mon sujet ?

Et s'il savait d'où je viens et où j'ai vécu ces deux dernières années ?

Croirait-il mon histoire ou me punirait-il pour l'avoir trahi ?

Je m'inquiète en silence tandis que nous continuons à marcher, mais mes craintes se dissipent lorsque nous atteignons le ruisseau.

L'eau cristalline babille sur les rochers moussus, les oiseaux gazouillent joyeusement dans les arbres imposants. La couverture des arbres empêche la lumière du soleil de percer, donc la lumière est tamisée et agréable, même en plein milieu de la journée. Caleb étend une couverture et je ne peux m'empêcher de rire en voyant ce militaire en veste avec des yeux de sniper préparer un pique-nique près d'un ruisseau.

"Quoi?"

« Rien. » Je posai le panier contenant le gâteau. « Tu n'as pas l'air de ton élément. C'est tout. »

« Je le suis. » Il me fait un sourire en coin et je retiens mon souffle. « Je n'ai jamais fait de pique-nique auparavant. Tu devrais peut-être m'aider à y arriver. »

« Je n'y suis jamais allé non plus », j'avoue.

« Vraiment ? » Cela semble lui plaire. Il jette un coup d'œil sur le devant de ma robe rose, en glissant sa langue dans le coin de sa bouche. « Tu n'as vraiment pas l'air en dehors de ton élément. Juste une jeune fille toute habillée pour son premier rendez-vous. » Ses yeux se mettent à briller. « Ton père ne t'a jamais dit de ne pas aller dans les bois avec des hommes ? »

Mes seins me font mal, mes mamelons deviennent raides et pointus.

Il les regarde durcir en toute connaissance de cause. Avec une satisfaction sale.

Vous aimez les choses brutes ?

Jusqu'à ce qu'il me pose cette question à la maison, je me suis demandé si quelque chose n'allait pas chez moi. Même si la nuit dernière s'était écoulée trop vite, j'ai trouvé la plénitude. J'ai aimé la façon dont il m'a harcelé. La manière grossière avec laquelle il m'a parlé. Je veux recommencer. Mais je dois trouver mes marques la prochaine fois. J'ai besoin de temps pour découvrir cette partie inattendue de moi-même.

« Mangeons du gâteau », dit-il quand je ne parviens pas à lui répondre, me faisant signe de m'asseoir.

Caleb sort le pistolet de sa ceinture et le place à portée de main. Puis nous nous asseyons l'un en face de l'autre sur la couverture et sortons le récipient contenant un morceau de gâteau, le creusant avec des fourchettes. Je gémis après ma première bouchée, une poussée d'endorphines provoquées par le chocolat se précipitant dans mon cerveau. « Oh mon Dieu, c'est tellement bon. »

Il arrête de mâcher pour me regarder. « La prochaine fois, je prendrai du glaçage », dit-il d'un ton bourru. « D'accord ? »

« D'accord. » Je regarde autour de moi. « Depuis combien de temps vis-tu ici ? »

« Moins d'un an. Ma dernière tournée s'est terminée et... » Il s'éclaircit la gorge. « Les foutus médecins ne voulaient pas que j'en fasse une autre. J'ai essayé de vivre dans un appartement à Détroit pendant un certain temps, mais il y avait trop de bruit, trop de monde. »

J'essaie de ne pas trop sympathiser. Je me souviens d'une de nos premières conversations où il n'aimait pas ça. « Et tes parents ? »

« Ils vivent avec ma sœur dans le Minnesota. » Il ouvre la bouche, la referme. « Je suis allé leur rendre visite une fois et je suis parti tôt. Je rendais tout le monde tendu et nerveux. Et je ne comprenais pas pourquoi ni comment changer ça. C'est peut-être juste ma constitution. » Il souffle. « Alors me voilà. »

Je ne me sens plus bien de cacher à Caleb toute ma vie.

Il m'a raconté l'intrigue de son livre.

À propos de son ESPT.

Parlons maintenant de ses insécurités concernant sa famille.

Qu'est-ce que je lui ai donné ? Un gâteau ?

En avalant, je remets ma fourchette dans le panier et je mets de côté le récipient à gâteau. Je marche vers lui à genoux et je sens la conscience traverser son corps robuste. Ses narines se dilatent à mesure que je m'approche, ses yeux me surveillent sous de lourdes paupières. Il est une poudrière, mais je grimpe quand même dessus, utilisant ses larges épaules pour l'équilibre et chevauchant ses genoux, me blottissant sur son érection, savourant son sifflement de souffle.

Sa bouche trouve la mienne, mais il ne m'embrasse pas. Il montre juste ses dents contre elle. Il dit : « Qu'est-ce que tu fais, ma fille ? »

« Ça devient personnel », je murmure.

Un espoir prudent transforme son visage durement masculin. « Ouais ? »

« Juste un peu. Pour l'instant. »

"Je le prends."

J'ordonne à mon estomac d'arrêter de bondir. « Je rends tout le monde tendu et nerveux, moi aussi. »

« Non. » Il fronce les sourcils et secoue la tête. « Non, je n'y crois pas. »

« Ma mère avait l'habitude de… » Je m'arrête pour reprendre mon souffle, la vérité m'épuisant. J'ai révélé mes secrets à si peu de gens et aucun d'entre eux ne m'a jamais cru. C'est comme sauter à l'aveugle par-dessus un canyon. « Avez-vous déjà entendu parler d'une maladie dans laquelle une mère rend son enfant malade volontairement ? Pour attirer la sympathie ? »

Les muscles de ses épaules se tendent sous mes mains. « Oui. »

« Ma mère souffrait de cette maladie, même si elle n'a jamais été officiellement diagnostiquée. Elle disait aux gens que j'étais, euh... gravement malade mentalement. À mes professeurs, à mes amis. À mon père. » Je ferme les yeux et j'attends. J'attends qu'il devienne bizarre, comme tout le monde le fait quand on lui présente quelqu'un qui a peut-être juste besoin d'un peu de médicaments pour se sentir bien. Pour faire face au monde. Au cours de ma vie, ma mère m'a mis dans de nombreuses situations où j'ai rencontré des personnes atteintes de maladie mentale et le jugement auquel elles sont confrontées est presque aussi un obstacle que la maladie elle-même. « Je ne suis pas malade de cette façon », dis-je, pour plus de clarté. « Il y a eu des moments où j'ai pensé que j'avais besoin d'aide, mais c'est parce qu'elle est très douée pour faire croire les gens, même moi. C'est une manipulatrice. »

« Je suis désolé, dit-il d'une voix rauque en me caressant les côtés du visage. Mon Dieu, princesse, je suis tellement désolé qu'elle ait menti comme ça à ton sujet. »

Je roule nos fronts ensemble. « Tu n'es pas le seul à faire des cauchemars. »

Il émet un son angoissé et m'embrasse violemment sur la bouche. « Non. Je ne te les laisserai pas prendre. »

Cela me fait rire. « Vas-tu entrer dans ma tête et les arrêter ? »

« Ouais. » Il me fait redescendre sur le dos, posant son poids sur moi. « Je vais mettre tellement de bonnes pensées dans ta tête, les mauvaises doivent trouver un nouveau foyer. Et si ça ne marche pas... » S'asseyant sur ses talons, il passe la main sous ma robe et fait glisser le string le long de mes cuisses, sur mes genoux et au-delà de mes chevilles. « Si ça ne marche pas, je vais juste t'épuiser à mort. Je vais te rendre trop fatiguée pour rêver. » Il embrasse chacun de mes genoux. « Donne-moi le feu vert, ma fille, et je vais commencer à te fatiguer tout de suite. »

Chapitre 7

Caleb

« Feu vert », gémit-elle en écartant légèrement les cuisses pour moi. « C'est à toi. »

Je regarde au ralenti la robe glisser jusqu'à sa taille et un rayon de soleil baigner sa belle chatte luisante. D'une main respectueuse, je tends la main et passe une phalange dans sa fente, portant son humidité à ma bouche et la suçant. « Bon Dieu, c'est une petite chose si délicate », réussis-je à dire, une faim féroce me frappant comme une tonne de briques. « Baise-moi. Je vais en enfer pour avoir pris ta virginité en levrette. L'avoir pilonnée si fort. »

« Mais... » Elle rougit. « J'ai aimé, tu te souviens ? »

« Ouais. » La luxure m'attrape par les couilles. « Je doute que je puisse un jour y aller doucement avec cette chatte. Mais cette fois, tu seras prête pour moi. »

Elle hoche la tête avec empressement, comme une bonne princesse, et me laisse écarter ses cuisses. « D'accord. »

Je suis essoufflé et j'ai envie de la lécher quand ses jambes sont complètement ouvertes. Son arôme m'atteint et je la tire plus près de moi par les cuisses, le mouvement est involontaire, mais bon sang... cette odeur. Je ne suis pas poète mais elle sent comme des pétales de rose saupoudrés de sucre - avec des épines. Comme un miracle d'innocence et de pardon avec cette touche enivrante d'obscurité tissée dedans. Et ma bouche gravite vers elle avec avidité, baignant tout son sexe avec ma langue. Un léchage complet englobe toute la petite chose et elle halète, devient plus humide sous mes yeux.

Mes pouces font des cercles de massage dans l'intérieur de ses cuisses, le bout de ma langue remonte et remonte dans ses plis, taquine son entrée, s'arrêtant juste avant de lécher son clitoris. Et putain, c'est tellement adorable, de la regarder se tortiller, essayer de bouger ses hanches et de me guider vers ce bouton palpitant. Comme si je ne savais pas exactement où il se trouve. Comme si mes yeux n'étaient pas fixés dessus comme un loup baveux. J'attends que son miel coule de mon menton, puis je passe ma langue raide sur ce bouton et elle aspire une inspiration tremblante, ses hanches se cabrant sauvagement. « Caleb, Caleb, s'il te plaît. Encore une fois. »

Quand elle prononce mon nom et tord sa chatte contre ma bouche, j'ai fini de nous taquiner toutes les deux. Je caresse son clitoris avec mes lèvres, je l'embrasse doucement, puis de plus en plus fort jusqu'à ce que je m'appuie dessus, bougeant mes lèvres comme si je faisais du Frenching. Ses jambes sont agitées, ses talons s'enfoncent dans la couverture, ses doigts cherchent un point d'appui sur ma tête - et je décide à ce moment-là que je vais me laisser pousser les cheveux. Je vais les faire pousser jusqu'à mes foutues épaules, juste pour qu'elle ait quelque chose à quoi s'accrocher quand je la dévore.

« Oh, je crois... » Ses jambes commencent à trembler. « Je crois que c'est en train d'arriver. »

Sans jamais cesser d'adorer son paquet de nerfs excités, je frotte les coussinets de mon index et de mon majeur contre son doux trou humide, puis je les pousse à l'intérieur, en les tournant doucement et en les retirant. Je rentre, je tourne lentement, puis je sors, et elle s'accélère presque violemment autour de mes doigts, son clitoris gonflant contre ma langue.

« Caleb ! » gémit-elle, ses cuisses se serrant autour de ma tête, son dos se cambrant au-dessus du sol, son corps enfermé dans un spasme continu, son plaisir recouvrant ma langue.

Je la regarde avec émerveillement tandis qu'elle se fraie un chemin à travers elle, son souffle venant par petites rafales courtes, l'intérieur de ses cuisses devenant de plus en plus saturé à chaque instant.

C'est pour mieux que je puisse te baiser, ma chère.

Et ce moment est définitivement arrivé. Ma bite est un monstre turgescent dans mon jean, haletant pour respirer, se frayant un chemin hors de ma fermeture éclair avant que je ne l'aie complètement descendue. Je me fraie un chemin le long de son corps avec ma bite dehors, un animal évaluant sa proie, et une nouvelle conscience s'allume dans ses yeux. Les épines de sa rose sont déjà visibles, sortant pour jouer avec les miennes.

« Il est temps de baiser, princesse », dis-je d'une voix pâteuse, en utilisant ma main gauche pour arracher les boutons de sa robe de leurs trous. « Il est temps de payer. »

Ses seins se soulèvent et s'abaissent. « Payer pour quoi ? »

Soudain, je la laisse tomber de tout mon poids sur elle, lui arrachant un gémissement de gorge. « Il est temps de payer pour avoir un joli visage et une chatte serrée. Ces choses que les hommes aiment et détestent. L'amour parce qu'ils ne peuvent pas s'en empêcher. La haine parce qu'ils ne peuvent pas l'avoir. » Je lui saisis la gorge et la serre. « Je suis la seule à encaisser sa misère. »

Nous sommes comme une tempête parfaite, notre respiration est difficile, nos yeux sont rivés sur la compréhension.

Excitation.

« Feu rouge », murmure-t-elle.

Et que Dieu m'aide, ma bite crache du liquide pré-éjaculatoire partout sur son ventre.

Ses mots me disent une chose, mais ses cuisses ouvertes et son expression ivre de désir m'en disent une autre. C'est notre langage. Un langage sur lequel nous sommes tombés par erreur, mais qui nous a pris au piège et ne nous lâchera jamais. Je ne la laisserai jamais partir.

« Feu rouge ? » je répète en resserrant ma prise sur sa gorge. « Qui va m'arrêter ? »

« Je pourrais essayer », halète-t-elle, se cambrant sous le mien, poussant sur mes épaules avec de petits sanglots frustrés. Et pendant tout ce temps, je la maintiens facilement immobilisée, lui laissant voir mon amusement face à ses efforts. En réalité, je ne suis pas amusé, cependant. Parce qu'à chaque fois qu'elle se tord sous moi, sa chatte s'écrase contre ma bite dure. Exprès ? Est-ce qu'elle sait que je suis constamment sur le fil du rasoir en ce qui la concerne ? Est-ce qu'elle essaie de me repousser ?

C'est un jeu auquel nous jouons.

Une façon de lui redonner un peu du contrôle que j'ai pris hier soir. Je suis l'agresseur, mais cette fois, elle est impliquée. Elle est complice. Elle se fait agresser volontairement.

Mais je vais craquer un jour. Je vais succomber à mon obsession pour elle et prendre.

« Tu vas t'épuiser, princesse », je râle, baissant la tête pour lécher ses seins et les claquer avec mes dents. Sans la quitter des yeux, je ferme ma bouche autour de son téton et je suce. « Même si tu parvenais à te libérer, tu n'aurais pas l'énergie de courir. Il est temps. De. Payer. »

Elle fait une dernière tentative pour se libérer et je me précipite, emprisonnant ses poignets au-dessus de sa tête, et ma bite s'écrase contre la jonction trempée de ses cuisses. Et elle ne peut cacher l'anticipation dans ses yeux, la langue qui mouille ses lèvres, impatiente de ce qui va arriver. Elle murmure mon nom et ses cuisses s'ouvrent, son corps se contracte sous le mien. Se prépare.

Ça y est, je suis en train de basculer. Je suis fini.

Avec un gémissement rauque, je baise ma bite dans son corps, la transperçant de chaque centimètre dépravé. La clouant au sol. Mes couilles se gonflent, impatientes de se déverser déjà, grâce à sa chaleur douillette parfaite, l'extase sur son visage. « Ouais, tu aimes ma misère, n'est-ce pas ?

Tu la dévores tout de suite. » dis-je entre mes dents, en la pénétrant brutalement.

« Tu sens ça ? Tu sens la douleur d'avoir tellement besoin de ta chatte ? Je n'ai pas d'autre choix que de l'accepter. Tu ne m'as pas donné le choix. Et tu n'as pas d'autre choix que d'obtenir ce qui te revient. »

Ses lèvres gonflées s'entrouvrent dans un gémissement haletant, ses seins rebondissent de haut en bas dans le corsage ouvert de sa robe, ses hanches s'enroulent pour répondre à mes envies.

Oh.

C'est une petite fille dégueulasse. Allumée par des choses qui peuvent être mauvaises, mais qui nous semblent justes. Nous sommes un peu tordues, cette fille et moi, mais nous sommes tordues ensemble.

Et ça va rester comme ça.

Mes couilles sont serrées dans un étau et sa chatte se contracte. Je la reçois des deux côtés. De tous les côtés. Et mon souffle résonne dans mes oreilles, ses cris et le claquement de sa chair me stimulent. Me font la chevaucher plus fort. J'ai désespérément envie de jouir, mais je veux laisser ma semence en elle aussi profondément que possible, alors je lâche ses poignets, je tends la main pour attraper ses genoux dans mes mains et les jette sur mes épaules. Je la plie en deux et je la pénètre, gémissant sur l'étroitesse accrue de sa chatte, relevant mes hanches aussi loin que possible sans me retirer, puis je pompe avidement en arrière, les genoux s'enfonçant dans le sol, la bosselant sauvagement comme un putain d'animal parce que sa chatte est juste si bonne. Chaude. Addictive.

« Caleb », gémit-elle, ses yeux verts se révulsant dans sa tête.

« Oh. Oh. Juste là. Plus vite. S'il te plaît. »

« Jésus Christ », je grogne, en la pénétrant à un rythme effréné.

« Tu vas jouir avec tes genoux près de tes putains d'oreilles, ma fille ?

Tu prends du plaisir à me combattre et à te faire défoncer ?

« Oui », murmure-t-elle.

« Plus fort. Personne ne peut t'entendre ici. »

"Oui!"

« Bien. Je n'attends pas d'invitation quand il s'agit de cette chatte », je pousse profondément et maintiens, je sens qu'elle commence à frémir.

« Elle est à moi. Tu veux te promener dans ma maison en ressemblant à un délicieux petit cupcake, en me montrant ce jeune cul, je vais te traîner dans les bois et te baiser comme une salope. Écarter les jambes est le prix à payer pour me faire mal à la bite.

Tu m'entends, ma fille ? »

« O-oui ! »

Son orgasme rend ses yeux verts aveugles.

Cette bouche gonflée forme un O et elle souffle, souffle, crie, ses talons s'enfonçant dans la largeur de mon dos. Je sens chaque vague de plaisir qui la traverse, sa chatte me suce, extrayant la semence directement de mes couilles.

Je m'appuie sur elle, gémissant bruyamment, mes hanches claquant brutalement contre les siennes, mon sperme se déversant en elle en vagues chaudes. Jésus, je tremble, la sueur coule le long de ma colonne vertébrale, mes fesses se contractent pour me maintenir au plus profond de son paradis. Je suis enfermé par le plaisir, mon bas-ventre se contracte, ma bite se branle comme un tuyau d'incendie sans surveillance, giclant sur les parois de son canal. Son utérus.

Mon Dieu oui, laisse-la tomber enceinte. Laisse-la grandir avec mon enfant et laisse-moi prendre soin d'eux pour toujours.

Je m'effondre sur elle, haletant, ses jambes molles retombant de chaque côté de mes hanches.

C'est la plus belle chose que j'aie jamais vue, une lueur de rosée sur ses seins, son cou. Des marques de dents sur sa lèvre inférieure, des paupières alourdies comme des sacs de sable.

« Quelque chose ne va pas chez nous, Caleb ? »

« Non. » Je l'embrasse avec fougue, voulant effacer de sa tête tous les soucis.

« Le monde entier va mal, princesse. Nous trouvons juste notre coin de lumière dans l'obscurité. Notre lumière est juste un peu plus pâle que celle de certains. Mais tant que ça te rend heureuse, c'est bon pour nous. Vraiment ? »

J'avale difficilement et me prépare. « Est-ce que... je te rends heureuse ? »

Elle explore mes yeux, un sourire courbant ses lèvres. « Oui. »

Je poussai un soupir tremblant.

« Dieu merci. »

Le cœur battant à tout rompre, je glisse sa tête dans mon cou et la laisse dormir, le son du ruisseau coulant joyeusement à côté de nous. Et je prononce les mots « Je t'aime » à la cime des arbres jusqu'à ce que l'inconscience bénie me réclame aussi.

Chapitre 8

Junon

Quand nous nous réveillons près du ruisseau, une tempête approche et nous courons vers la cabane, nous enfermant à l'intérieur juste avant qu'il ne pleuve. Et pendant les deux jours qui suivent, je suis plus heureuse que jamais. Caleb travaille sur son livre, tape des sons provenant de son bureau. Quand il n'est pas dans son bureau, il me suit partout. Il observe, prend des notes dans son carnet.

Je mets de la musique et je danse pour lui. Je cuisine. Je choisis une biographie sur son étagère et la lis devant la fenêtre, en parcourant les mots tandis que l'eau s'écoule doucement sur la vitre. Et il est assis là, me regardant avec cette intensité, sa plume grattant le papier. Parfois, il murmure ses notes en les prenant, mais je fais semblant de ne pas les entendre. Elles semblent privées.

Elle se gratte le genou.

Il marmonne à l'auteur.

Elle n'arrive pas à se sentir à l'aise dans son siège.

Trente et une respirations par minute.

Cela fait une heure que je suis dans sa chatte.

Deux heures.

Je commence à penser que Caleb est obsédé par moi et cela m'apprend à connaître la noirceur nouvellement découverte en moi... parce que j'adore ça. J'adore son obsession. Quand il me fixe avec la folie qui se cache dans ses yeux, mon corps s'épanouit comme une rose. Je peux à peine respirer. Nous faisons l'amour comme des animaux affamés à chaque fois. Il me jette face contre terre sur la table de la cuisine ou fait irruption dans ma douche, m'empalant contre le carrelage et grognant de manière brisée dans mon cou, m'emportant dans un tourbillon de morsures, de griffures et de gros mots.

Nos ébats sont un tel bouleversement émotionnel que nous nous endormons à chaque fois, nos membres emmêlés, ses bras forts enroulés autour de moi de manière possessive. Nous perdons la notion du temps. Il n'a aucun sens. Il n'y a ni jour ni nuit, il n'y a que la dernière fois qu'il était en moi. La prochaine fois qu'il sera en moi. Ce qu'il dira. Comme il sera brutal. Si nous laisserons des traces.

Il tape à son bureau, dos à la porte. Il est torse nu.

Des marques de clous décorent son dos en de spectaculaires entailles rouges.

Les muscles considérables de ses épaules se raidissent sous l'effet de la conscience. Sa tête se tourne légèrement sur le côté et je sens qu'il retient son souffle.

Je suis obsédée par lui aussi. Je le sais à cet instant. La raison pour laquelle je sais qu'il me suit toujours, qu'il me fixe toujours du regard, c'est parce que je lui fais la même chose. Je le mémorise depuis l'ombre. J'attends qu'il sorte et joue. Pour me jeter comme un jouet et vaporiser ma volonté.

La pluie tombe fort sur le toit maintenant, donc je n'entends presque pas ce qu'il dit.

« Je t'aime. » Sa voix est rauque, la ligne de sa mâchoire se contracte. « Comme un foutu fanatique. Tu t'enfonces plus profondément à chaque respiration. » Je suis reconnaissante quand il s'arrête pour que je puisse essayer de calmer mon cœur qui s'emballe. Mais ensuite, « Ce livre parle de toi. Tu es la femme. Je suis l'homme. Et il devient lentement fou de besoin pour elle. Il est obsédé, comme je le suis par toi. Tellement obsédé qu'il pourrait mourir de misère si elle part. »

Les larmes me brûlent les yeux, mon pouls s'emballe.

Je peux à peine parler à cause de l'émotion qui me serre la gorge.

Il m'aime. Je l'aime aussi. Et ça veut dire que je dois tout lui dire. Il ne sait même pas mon vrai nom ni d'où je viens. Il pense que je m'appelle Sarah, pour l'amour de Dieu. Soudain, je ne supporte plus les mensonges. Ils s'étendent entre nous comme une tranchée de feu.

« Caleb... »

On frappe fort à la porte. « Allo ? » crie une voix d'homme.

Suivi d'un autre coup.

Je me prépare à courir. C'est une réaction immédiate. Je dois fuir. Ils m'ont trouvée. J'entends l'autorité dans la voix de l'homme et je sais. Je sais que la vérité est arrivée avant que je puisse la dire à voix haute. Non, ça ne peut pas arriver. Pas alors qu'il vient de me dire qu'il m'aime. Maintenant, il va savoir que j'ai menti depuis le début. Qu'il est amoureux d'un mensonge.

Mon cœur se serre et je l'étouffe, essayant désespérément de garder mes traits figés. Il fait sombre dans la pièce, l'orage peint la maison dans la pénombre, et j'en profite pour m'enfoncer à nouveau dans l'ombre.

Caleb se retourne sur sa chaise en fronçant les sourcils. Aucun de nous ne bouge pendant un long moment tendu.

Puis il se lève, les muscles se déplaçant, se poursuivant l'un l'autre sur ses épaules, son abdomen impitoyablement serré. « Je vais voir qui c'est. » Il s'arrête devant moi, lève mon menton. « Va attendre dans la chambre. Je ne veux pas qu'un autre homme te regarde. »

Même dans mon état de panique et de désespoir, le désir transparaît en moi.

Il le voit. Il reconnaît sa propre création.

« Quand il partira, ça va être encore plus brutal. » Il me saisit entre les jambes. « Tu l'as attiré ici avec cette chatte. Je sais que tu l'as fait. »

L'humidité se précipite vers sa paume, mon cœur se serrant avec impatience. « Non. »

Il serre plus fort, ses dents étincelant. « Oui. Va dans la chambre et verrouille cette putain de porte. Je vais peut-être devoir le tuer s'il essaie de me dépasser. Il veut ce qui est à moi. »

Je gémis, m'appuyant contre le mur. Chaque fois que je pense que nous avons atteint un nouveau niveau de cette obsession, elle s'enfonce plus profondément et moi aussi. Que Dieu me vienne en aide, moi aussi. « Ne pars pas. Il va partir. Viens dans la chambre avec moi. Caleb, s'il te plaît. »

« Tu crois que je vais te tourner le dos alors qu'un autre homme te guette ? » Il abaisse ma culotte et enfonce deux doigts dans mon sexe, capturant mes cris avec sa bouche. « Fais ce qu'on te dit, ma fille, et sois prête à baiser quand je reviendrai. »

Oh mon Dieu, oh mon Dieu, je dois tout lui dire, mais ses yeux sont noirs de jalousie, de possessivité. De la folie. Il n'entendra pas un mot de ce que je dis. C'est un pote qui se prépare à égorger un adversaire. Alors je hoche simplement la tête. « Je le ferai. »

« Ferme la porte et cache-toi dans le placard. »

"Oui je le ferai."

Il fait glisser ses doigts hors de moi, les suçant avec un gémissement alors qu'il se détourne de la porte du bureau. Et je vais dans la direction opposée, me dépêchant dans le couloir et fermant la porte de la chambre à clé. Mais je ne vais pas dans le placard. J'attends, écoutant, mon oreille collée à la fente.

C'est bien pire que ce que j'aurais pu imaginer.

La porte d'entrée de la maison grince et s'ouvre.

« Bonjour. Êtes-vous Caleb Daniels ? »

Caleb ne répond pas, mais je l'imagine hocher la tête.

Imaginez-le tenant son fusil hors de vue.

« Je suis l'agent Torres », dit l'homme, semblant légèrement méfiant à l'égard de mon homme. Comme il se doit. « Et voici Sarah Horner. Je l'ai trouvée dans les bois alors que nous cherchions quelqu'un d'autre. Elle dit qu'elle est censée commencer un stage pour vous mais qu'elle a eu du mal à trouver l'endroit. »

« Bonjour, M. Daniels, » renifle Sarah, l'air malade. « Je suppose que je me suis fait retourner... et qu'il n'y avait pas de réseau. Je suis un peu fatiguée après avoir campé pendant trois jours, mais... »

« Qui cherchais-tu dans les bois ? » demande Caleb.

L'officier Torres rit. « Une patiente psychiatrique s'est échappée. Une jeune fille nommée Juno s'est enfuie et a sauté la clôture de l'établissement à environ 13 kilomètres au nord. J'ai une photo ici... »

Je serre mes jointures contre ma bouche, un sanglot me tord la gorge tandis que je me dirige vers la fenêtre. Je dois courir. Je dois courir ou le policier va me reprendre. Et je ne peux pas être enfermé à nouveau. Je ne crierai pas jusqu'à en perdre la voix que je n'ai pas besoin de médicaments, juste pour être maintenu au sol et me les faire administrer. Je refuse de sentir mes pensées perdre leur tranchant et mes membres devenir léthargiques. D'être calé dans un coin pour pouvoir regarder dans le vide.

J'ai redécouvert la vie ici avec Caleb. Bien plus riche que celle que je vivais avant même le centre. Je déborde d'énergie, de vie et de sentiments. Je ne peux pas les laisser me l'enlever. Et Caleb m'aime, mais... j'ai su dès l'instant où je l'ai rencontré qu'il n'était pas un homme à qui les gens mentent. Et s'il était tellement trahi qu'il les laissait me prendre ? Je ne peux pas prendre ce risque. Je ne peux pas.

En tremblant, j'enfile mes baskets et me dirige le plus silencieusement possible vers la fenêtre, la relève et sors sous la pluie. Je ne porte rien d'autre que la nuisette en soie grise et blanche que Caleb m'a achetée, alors je me remets à l'intérieur et attrape une couverture. Je l'enroule autour de moi et cours à toute vitesse dans les bois, hors de vue de la façade de la maison. Je me suis échappé une fois et je peux le refaire, n'est-ce pas ? Plus j'avance, plus mon cœur commence à se rebeller. Il me hurle de repartir.

En sanglotant de façon saccadée, je l'ignore et continue de sprinter.

Caleb, je suis désolé.

* * *

Caleb

Junon.

Mon obsession a désormais un nom.

Je veux que ces gens partent pour que je puisse la retrouver. MAINTENANT.

Plus besoin d'attendre pour devoir dire la vérité. Elle doit savoir maintenant qu'elle n'a aucune raison de se cacher de moi. Que même si elle appartenait à une institution, elle serait à moi. Esprit, cœur, corps, âme. Chaque partie d'elle est chérie par moi.

Le policier brandit une photo de ma princesse et je me jette presque sur lui. Simplement parce qu'il a son portrait dans sa poche. Qu'il a une partie d'elle. Mais la photo me fige sur place, me glace le sang. C'est Juno sur la photo, mais la vie manque dans ses yeux. Ils sont cerclés de noir et elle peut à peine les garder ouverts. Ses épaules sont affaissées, ses cheveux en désordre. Que t'ont-ils fait là, princesse ?

Soudain, j'ai tellement envie de la tenir dans mes bras que je pourrais faire s'écrouler cette maison.

Ils paieront. Celui qui lui a fait du mal paiera.

« Je n'ai plus besoin de vos services », dis-je à la femme, mais mes yeux sont toujours fixés sur la photo. « Et je n'ai pas vu la fille. »

Il me regarde attentivement mais sursaute et détourne le regard lorsque je le regarde froidement.

Cet homme était à la recherche de Junon.

S'il l'avait trouvée, je sais ce qui serait arrivé.

Il convoiterait ce qui m'appartient. Prends-la-moi. Vole-la-moi.

Et oui, je pourrais le tuer pour quelque chose qu'il n'a pas encore fait. Est-ce qu'il la sent dans la chambre du fond ? Est-ce qu'il sait que j'ai un trésor et qu'il le veut pour lui ?

La folie bouillonne dans ma tête, mes dents du fond grincent.

S'il tente de me dépasser, il ne fera pas deux pas dans sa direction.

« Vous n'avez pas besoin de mes services ? » hurle la femme. « Je viens de passer trois nuits... »

« C'est tout ? » Je l'interrompis d'une voix calme. Mortelle.

« Oui », dit sagement l'agent en guidant la femme. « Ma voiture est garée sur la route principale. C'est une sacrée randonnée, mais... je vais m'assurer qu'elle rentre chez elle. »

"Bien."

Je ferme la porte et me force à attendre. J'attends qu'ils disparaissent de ma vue avant de me précipiter dans la maison, en défaisant déjà mon pantalon. Je veux être en elle quand elle me dira tout. Je veux qu'elle ressente que je suis sa propriété, mon amour, la façon dont je brûle pour elle, pour qu'il n'y ait aucun doute dans sa belle tête qu'elle est en sécurité, au bon endroit, à la maison.

« Ouvre la porte », j'aboie en essayant d'ouvrir la poignée. « Ils sont partis. »

Quand il n'y a pas de réponse, pas de bruit d'ouverture du placard, un frisson de terreur me parcourt les bras. Je n'attends pas. Je recule et je défonce la porte.

Pas ici. Elle n'est pas là.

Le placard est vide.

Fenêtre ouverte.

Elle est... partie par la putain de fenêtre ?

« Juno », hurlai-je en courant vers l'ouverture et en me jetant à travers, atterrissant au sol en position accroupie, mes yeux scrutant toutes les directions à la recherche d'un signe d'elle. L'angoisse me transperce les yeux, me perce la poitrine et je trébuche sous la pluie, mon souffle entrant et sortant de mes poumons. « Juno, où es-tu ? »

Empreintes de pas.

À sa taille.

L'espoir m'envahit et je les suis, accélérant une fois que j'ai trouvé sa trace. La pluie transforme la terre en boue, alors je dois me dépêcher. Je cours à travers les arbres, essayant de trouver ses roses et son parfum de sucre dans l'air, croassant son nom quand je n'y parviens pas. Non, ce n'est pas en train d'arriver. Je ne l'ai pas perdue. Je ne peux pas la perdre. J'ai besoin d'elle. J'ai besoin d'elle. Ai-je été trop fort ? L'ai-je effrayée en lui expliquant à quel point mon obsession était profonde ?

Cette possibilité m'étouffe, mais je continue, sautant par-dessus les arbres abattus et pataugeant dans le ruisseau, l'appelant par son nom jusqu'à en avoir la voix enrouée.

Un éclair gris devant nous.

Elle est là.

« Junon ! » je crie, folle, soulagée, misérable. « S'il te plaît. Arrête. »

Est-ce mon imagination ou court-elle plus vite ?

Mon cœur se brise à cette idée. Je crie d'une voix rauque.

Dommage, mais c'est dommage. Même si elle ne veut plus de moi, je la garde quand même. Est-ce qu'elle pense que je suis optionnel ? Je ne le pense pas du tout. Je suis permanent, je suis sa vie maintenant et je la ramène à la maison.

Il ne me faut pas longtemps pour la rattraper et l'entourer de mes bras par derrière. Notre vitesse nous fait tomber, mais je tourne mon corps pour supporter le poids de la chute. Elle est étalée sur moi, trempée par la pluie, des larmes coulent sur ses joues.

« Je suis désolée », sanglote-t-elle en essayant de se libérer de mon emprise. « Je suis désolée d'avoir menti. Mais s'il vous plaît, ne les laissez pas me reprendre ! »

« Écoute-toi ! » J'attrape ses cheveux par poignées, tire son visage vers le mien et presse nos fronts l'un contre l'autre. « Penses-tu que je laisserais quelqu'un t'éloigner de moi ? Penses-tu que je ne tuerais personne qui essaierait ? »

« Je... je... »

« Je savais que tu n'étais pas Sarah depuis le début, » je grogne. « J'ai fait semblant d'y croire pour pouvoir te garder avec moi. Je ne pouvais pas supporter l'idée que tu partes, même après que tu n'aies été chez moi que pendant une minute. Nous avons tous les deux menti. Mais c'est fini. C'est fini. Plus de mensonges entre nous. Tu vas rentrer à la maison et me laisser t'aimer, Juno. Pour toujours. Plus longtemps que pour toujours. C'est clair ? »

Le visage ridé, elle se jette dans mes bras, pleurant dans le creux de mon cou. « Elle a menti pour qu'ils me gardent. Elle leur a dit que je l'avais attaquée avec des ciseaux, que je l'avais déjà fait auparavant, mais qu'elle se l'était fait elle-même. Je ne le ferais pas. Je ne le ferais pas. »

« Je sais que tu ne le ferais pas, princesse. » Je la berce d'un côté à l'autre, le cœur serré dans ma poitrine. « Tu n'as pas à me convaincre. Je te connais. »

« Et je pensais qu'à dix-huit ans, ils devraient me laisser partir. Mais ils ne l'ont pas fait. Je me suis battue et je me suis battue, mais ils ne m'ont pas écoutée. » Elle tremble dans mes bras, alors je la serre plus fort, aussi fort que je peux. « Tu fais juste partie d'un chœur de cris et rien ne passe. Oh mon Dieu, c'était horrible. S'il te plaît, ne les laisse pas me trouver, Caleb. »

« Jamais. Nous nous éloignerons encore plus. Nous irons aussi loin que possible. Je ne veux pas que tu aies peur, princesse. Je ne pourrais pas le supporter. »

Elle lève la tête, essuie les larmes de ses yeux. « Je t'aime aussi », murmure-t-elle. « J'avais tellement peur de ne pas pouvoir te le dire. »

Un sentiment d'accomplissement me bouleverse jusqu'au plus profond de moi-même. Elle m'aime.

Elle est à moi. À moi de la protéger, de lui donner du plaisir et de l'adorer.

Je ne la laisserai plus jamais partir. Je ne la quitterai plus jamais des yeux.

Le désespoir me prend dans son piège, un besoin féroce de posséder me fait monter le sang en flammes, et je me retourne, jette ma fille sur le sol de la forêt, mes doigts font glisser ma fermeture éclair pour faire sortir ma bite de sa prison. « Est-ce que je t'ai dit ou non d'être prête à baiser quand je reviendrais, ma fille ? »

Avec un gémissement, elle ouvre ses cuisses.

Épilogue

Junon

Cinq ans plus tard

Je souris paresseusement à mon mari depuis le hamac.

De là où il est agenouillé dans le sable en train de construire un château avec notre fille, il me montre les dents, me faisant savoir qu'il a faim - et pas de nourriture.

Il y a cinq ans, nous avons quitté la cabane dans la forêt. Après que le policier soit venu frapper à notre porte et que Caleb ait vu ma peur, nous n'avons passé que deux nuits supplémentaires dans la maison. La première nuit, il est parti et est revenu plusieurs heures plus tard, sans avoir à expliquer où il était allé. Le titre du journal du lendemain matin était une explication suffisante.

Manquant : Médecin et infirmière de l'asile.

Après cela, nous avons fait nos bagages et avons roulé jusqu'à ce que nous atteignions une région reculée de l'État de Washington et nous y sommes réfugiés pendant qu'il terminait son livre.

Il l'a appelé Mine.

Le New York Times l'a qualifié de « spectacle terrifiant dans l'esprit d'un fou dérangé ayant une obsession malsaine pour sa femme ».

Il est resté sur leur liste de best-sellers en livres à couverture rigide pendant quarante-neuf semaines.

Dans la section fiction, mais nous connaissons la vérité.

Il n'y a rien de fictif dans la fixation persistante de Caleb sur moi.

Ni le mien sur lui.

Avec l'engouement suscité par Mine, Caleb s'est vu proposer un contrat pour un film majeur et l'a accepté, mais nous avons déménagé sur l'île privée avant même que le film ne soit sorti en salles et aucun de nous ne l'a vu. Il m'a dit qu'il ne pouvait même pas supporter de voir quelqu'un toucher une actrice qui joue mon rôle. J'ai accepté. « J'aimerais la tuer », me suis-je penchée vers lui et lui ai-je murmuré à l'oreille alors que je le chevauchais un matin, le ventre gonflé de grossesse.

Nous vivons désormais sur l'île, en famille. Notre fille a quatre ans et notre fils, qui dort actuellement à côté de moi dans le hamac, a deux ans. Nous passons nos journées à nager dans l'océan, à entretenir notre jardin et à lire sur la plage.

C'est la paix dont Caleb et moi avons toujours eu besoin, mais je n'aurais jamais pu imaginer la perfection que nous avons trouvée.

Une ombre bloque le soleil et je lève les yeux pour découvrir mon mari tenant ma fille endormie dans ses bras, son corps souligné par le ciel bleu sans nuages. « Je vais la ramener à l'intérieur et la mettre au lit », dit Caleb, ses yeux s'attardant sur mes seins nus. « On se retrouve dans cinq minutes. »

Mon pouls bat déjà fort. « D'accord. »

Je me déplace sur des jambes instables sur le chemin de pierre qui mène à notre immense maison. Normalement, je m'arrêterais pour admirer les tourelles qui s'étendent vers le ciel, le lierre grimpant sur les murs de briques ou le balcon où Caleb et moi buvons notre café chaque matin. Mais je me dépêche maintenant, concentrée sur le fait d'être seule avec mon mari. Nous ne pouvons pas contenir la faim pendant un certain temps chaque jour avant d'entrer en collision. Et une collision est imminente maintenant.

Je laisse mon fils dormir dans sa chambre, sous le mobile que Caleb lui a fabriqué de ses propres mains, et je cours vers notre chambre en empruntant le long couloir. Il m'attend devant la porte, impatient, torse nu. Un lion qui se lèche les babines.

Il m'attrape par la nuque dès que je l'atteins, m'entraîne dans la pièce comme un adolescent récalcitrant et me positionne devant un miroir en pied. « Regarde-toi », dit-il d'une voix rauque, respirant fort contre la courbe de mon cou. « Penses-tu que ce soit facile pour moi d'attendre aussi longtemps ? Ma tête me fait mal, ma poitrine me fait mal, ma bite me fait mal jusqu'à ce que je t'aie. Je ne suis pas humain tant que je n'ai pas été entre tes jambes. T'ai-je donné des raisons de douter de mon désir constant de toi, ma fille ? »

Mes plis deviennent lisses et prêts, mes genoux s'affaissent sous l'assaut de l'excitation. La faim pour lui ne faiblit jamais. Jamais. Elle ne fait que grandir. « Non. »

« Et pourtant tu te pavanes, tu me taquines avec tes seins, tu joues dans l'eau vêtue seulement de la moitié inférieure de ton bikini. Ton beau rire résonne dans ma tête. » Il enlève le vêtement en question jusqu'à mes genoux, me donne une tape brutale sur la joue droite. « Est-ce que tu essaies de me rendre encore plus fou que je ne le suis déjà ? »

Je lèche mes lèvres sèches. « Non. Je voulais juste être à l'aise. »

« À l'aise. » Ses dents caressent mon cou, sa grosse tige se pressant contre mon derrière. « Qu'est-ce que le confort ? Qu'est-ce que le soulagement ? Montre-moi. »

Je me retourne et m'agenouille avec impatience, sanglotant, le suçant par le devant de son pantalon jusqu'à ce que mes doigts tremblants parviennent enfin à faire descendre sa fermeture éclair. Je gémis autour de l'épaisseur qui s'enfonce dans ma bouche, laissant le goût de l'océan sur ma langue. Je sais qu'il ne me laissera pas profiter de lui longtemps, alors je profite du peu de temps dont je dispose, faisant courir mes paumes respectueuses sur son abdomen rocheux, hochant la tête avec enthousiasme.

Il ne peut pas gérer ma bouche.

Ne jamais le faire pendant plus d'une minute.

C'est pourquoi je l'aime tant.

Il penche ses hanches en avant et émet un son étouffé, le sel baignant le fond de ma gorge, son sexe gonflant, s'allongeant, descendant au fond de ma gorge pendant qu'il scande mon nom, ses doigts se tordant dans mes cheveux. Je lève les yeux vers lui avec de l'adulation dans les yeux et desserre ma gorge, lui permettant de pousser profondément jusqu'à ce qu'un frisson traverse son corps incroyable. « Assez. Oh, mon Dieu. Assez. Tu vas me briser. »

Caleb se libère de ma bouche avec un grognement et je suis tiré sur mes pieds.

Jeté dans ses bras.

Il me porte sur le balcon surplombant l'océan, m'allongeant sur une large chaise longue baignée de soleil. Il regarde mon corps nu et caresse de haut en bas son érection rampante, sa respiration difficile, sa poitrine haletante. « Retourne-toi. »

Sauvage, affamée de son poids sur moi, je me roule sur le ventre et lui présente mon derrière, me mettant à genoux et le tentant de me prendre. Prends-moi comme il l'a fait la première fois.

Il saisit mes hanches et me tire vers lui. À bout de souffle, j'attends de voir ce qu'il va faire et un son aigu quitte ma gorge lorsqu'il enfonce son majeur dans mon sexe... et son pouce taquine mon entrée arrière, poussant lentement à l'intérieur. Il fait entrer et sortir ses deux doigts dans un rythme sensuel, mon excitation créant une bande sonore humide à ses soins. « Tu veux me faire attendre, princesse ? Je vais avoir ce cul. »

Mes jambes se liquéfient presque sous moi. « Oui, Caleb. » J'écarte mes genoux, incline mes hanches et les fais rouler en arrière, en arrière, en arrière pour rencontrer ses doigts. « Conquiers-moi. »

« C'est juste, Junon, dit-il d'une voix rauque. Tu m'as conquis dès le premier jour. »

Et quand il s'enfonce en moi, c'est décadent.

La pression chaude et glissante.

Ses gémissements rauques de mon nom.

La façon dont nous commençons lentement mais entrons dans un état frénétique qui nous est propre.

Un homme obsédé par sa femme.

Une femme obsédée par son mari.

Et une vie entière à voir jusqu'où le bûcher ardent va s'élever.

LA FIN.

Don't miss out!

Visit the website below and you can sign up to receive emails whenever Frantz Cartel publishes a new book. There's no charge and no obligation.

https://books2read.com/r/B-A-MFRLB-LEPBF

BOOKS 2 READ

Connecting independent readers to independent writers.

Did you love *Son stagiaire d'été*? Then you should read *La bonne fille*[1] by Frantz Cartel!

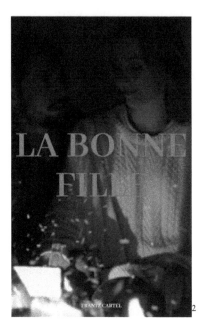

[2]

Karmen est punie. D'accord, elle a peut-être « accidentellement » poignardé son professeur avec un crayon, mais il l'avait mérité. Malheureusement pour Karmen, sa mère avait toujours le pouvoir de l'envoyer à l'asile de Bellevue pour une évaluation. Être enfermée n'est pas si mal. Surtout quand le Dr Rourk est assigné à son cas. Il est le seul à lui avoir donné envie d'être une bonne fille.Le Dr Rourk n'est pas du genre à enfreindre les règles. Bien sûr, il est connu pour en contourner quelques-unes ici et là, mais il fait toujours ce qu'il faut. Jusqu'à Karmen. La première fois qu'elle entre dans son bureau, il est prêt à franchir toutes les limites pour l'avoir.

---

1. https://books2read.com/u/bOdGJE

2. https://books2read.com/u/bOdGJE

Attention : revenez à l'asile de Bellevue pour une autre histoire de recherche d'amour. Ce duo est à prix cassé... et on ne s'en lasse pas !

Also by Frantz Cartel

Bouche à bouche
La première Noëlle de Storme
Frappant
Le cœur n'est jamais silencieux
Une nuit dans une tempête de neige
Les plaisirs du carnaval
Nuits d'été moites
Sauver la mariée
Été de femme chaude
Un petit elfe dans les parages
L'assistant du milliardaire
Mon petit garçon
Valeur
La petite amie du gangster
Plus que lui
La malédiction de la débutante
L'amour de la douleur
Appuie-toi sur moi
Osez-vous
Couvrant ses six
Les garçons de l'automne
Protéger son obsession
Son corps céleste
Donut taquine-moi
Aimer le patron
L'explosion
Quand elle était méchante
Venise
Osez être coquin
Le patron de papa
Le baiser de septembre
Le voisin d'à côté
Trois règles simples

Professeur sale
L'homme méchant
Son professeur dégueulasse
La bonne fille
Sa femme naïve
Notre chance
Envoie-toi un SMS
Le douzième enchantement
L'éternité du milliardaire
Chance
Petit fou
Suspendu
Patron pécheur
Son stagiaire d'été